WHAT I REMEMBER

想い出すこと

ヴィクトリア時代と女性の自立

メアリー・ペイリー・マーシャル［著］
松山直樹［訳］

晃洋書房

訳者はしがき

本書の著者メアリー・ペイリー・マーシャル（一八五〇―一九四四）は、厳格な福音主義の家庭に生まれ育った。父親のトマス・ペイリーは教区牧師を務め、曽祖父は、一八世紀のケンブリッジ大学を代表する神学者ウィリアム・ペイリーであった。このような家庭環境で育ったために、彼女は自らの希望や要求をできる限り抑え、夫であり、ケンブリッジ大学経済学教授であったアルフレッド・マーシャル（一八四二―一九二四）を献身的に支えることに自らの人生を費やしたと理解されてきた。ところが、メアリーの回想録である本書を読んでみると、そのような理解が一面的なものであるように思われる。

メアリーの人生には強調されるべき、重要な側面がある。それは、彼女がケンブリッジ大学のニューナム・カレッジの一期生であり、女子学生として初めて道徳科学――現在の社会科学に相当する学問分野の旧称――の優等学位試験（道徳科学トライポス）に挑戦し[1]、卒業後は同カレッジの教員に採用されたという事実である。つまり、メアリーは「ケンブリッジで経済学を教えた最初の女性講師」［Keynes 1972＝2010：232］なのである。そしておそらく、イングランドの高等教育の歴史において、初めて複数の高等教育機関で教鞭を執った女性の経済学講師であった。

一九世紀後半のイギリスにおいて女性が高等教育機関に学び教壇に立つことは、決して簡単なことではなかった。イングランドにおいて最初に女子学生が正規の教育課程を修了したことを認めた高等教育機関は、ロンドンのユニヴァーシティ・カレッジであり、一八七八年のことであった。その後、一八九五年にダーラム大学が、そして世紀を跨いで一九二〇年にオックスフォード大学が女子学生の学位取得を認めたのである。ところが、ケンブリッジ大学が女子学生の学位取得を認めたのは、第二次世界大戦後の一九四七年のことであった。それはイギリスで女性参政権が認められてから約三〇年が経ち、同大学に最初の女子カレッジ[2]が創設されてから約八〇年が経過していた。

ケンブリッジ大学では、教育制度改革が遅々として進まなかっただけでなく、一九世紀後半に至るまで女性が男性と同等に学内に立ち入ることが制限されていた。より正確に言うならば、一八七一年までは教授――もちろん、男性教授を指している――の婚姻は認められておらず、カレッジのフェロー（特別研究員）に対して婚姻が認められたのは一八八二年のことであった。

このように、ケンブリッジにおけるジェンダー・ギャップ解消に向けた取り組みは、決して円滑に進められたわけではなかった。さらにその象徴的な出来事として、「一八九六年にケンブリッジを二つに分裂させた、女性への学位認定をめぐる論争」[Keynes 1972＝2010：220] がある。この論争は、最終的に大学当局に対して女性への学位認定に関する嘆願がなされ、セネット・ハウス（大学の本部）において投票が行われることになった。こうして、賛成六六二票に対して反対一七一二票という投票結果を受け、大学理事会はその嘆願を拒否したのである。しばらくして、一九二一年にも同様の請願がなされたが、大学理事会は再び女性に対する学位授与を認めない決議を行ったが、この大学理事会の判断に歓喜した男子学生たちのあるグループは、ケンブリッジ大学の女子カレッジの一つ、ニューナム・カレッジの正門である「クラフ門」（the Clough gate）を破壊する暴挙を働いたのである。

実は、一八九六年の論争において女性の学位認定に強く反対していたのが、メアリーの配偶者である、経済学教授のアルフレッド・マーシャルであった。かつて彼は、女子学生を対象とする講義を担当し、ブリストルのユニヴァーシティ・カレッジの学長職に応募した理由の一つは、同大学がイングランドの高等教育機関で初めて女性の入学を正規に認めたからであった。ところが、一八八四年に教授としてケンブリッジに戻ってきた彼は、「若い女性を家庭から引き離して学問させるべきではない」[櫻井 2012：39] と考えるようになり、「仮に試験において非常に高い得点を取ったとしても、卒業後に女性がおこなった創造的な研究は、男性によってなされた研究とは比較にならない」［*Pamphlet* 1896：6］と表明するほどであった。

こうした事実から、マーシャル夫妻と面識のあったケンブリッジ大学の経済学者のなかには、メアリーの結婚生活を悲観的に推察して、「どうしてこのような偉大な女性［メアリー］をアルフレッドは同僚ではなく、全くもって奴隷にしてしまったのだろうか」［Robinson 1948：124.［　］内は引用者］とさえ考える人もいた。しかしながら、本書におけるメアリーの回想や経歴を踏まえるのなら、メアリーは必ずしもアルフレッドに隷従することを強制されていたとは言えないのではないだろうか。

例えば、一八九六年に、アルフレッドは女性学位論争で反対派の論客を務めていたが、メアリーはノッティンガムで開催された女性労働に関する国際会議に出席し、その内容を一八九六年に発行された *Economic Journal* 誌に寄稿している。さらに、彼女はニューナム・カレッジでの教育業務に再び携わった際には、一九〇三年にアルフレッドが全力を傾けて設置した経済学の優等学位試験（経済学トライポス）を受験する学生を指導した。その結果、「一九〇四年から一九一六年にかけて、五五名の女子学生に新しい試験を受験させ、一九〇八年には彼女の担当する二名の学生が第一級の成績を獲得するという素晴らしい成功を納めた」［McWilliams-Tullberg 2006：14］という記録さえ残されている。それだけでなく、オックスフォード大学レディ・マーガレット・ホールの学寮長を務めたリンダ・グライア女史[3]に関しては、メアリーが公開講義をきっかけに彼女の学習能力を見出し、学費の免除等についてカレッジに掛け合ってまで彼女の入学を認めさせている。

こうした一連の事実を踏まえるならば、メアリーとアルフレッドは互いに自律的に――必要な場合には協働して――大学やカレッジでの研究・教育を展開していたように思われる。さらに、以下に引用するが、アルフレッドの第二主著『産業と商業』の序文を素直に読むのなら、彼らが相互補完的なパートナーシップ[4]を築いていたことを窺い知ることはできないだろうか。

「本書においても、『原理』の場合と同様に、いやそれ以上に、妻がすべての段階において私を助け、忠告してくれた。そのため、本書に優れた点があるとすれば、その点に関するほとんどすべては、彼女の提案、注意力、そして判断力に負っていると言えるだろう」[Marshall, A. 1919＝1923 : ix]。

メアリーによる経済学教育への貢献は広く理解されるべきであるが、残念ながら、本書には彼女自身の研究教育に関する理念や構想、アルフレッドの経済理論についての印象、あるいは、自らの授業計画などについては、まったく触れられていない。本書から推察されるように、アルフレッドの存命中にも、それから後にも、メアリーがアルフレッドの教え子たちにも自らの経済学に関する理解を示すようなことは決してなかった。そこには、やはりメアリーの育った家庭環境の影響を無視することができないだろう。ケインズがメアリーの追悼論文に記しているように、「自分は誰にも迷惑をかけてはならないということが、常に彼女の考えの先に立っていた」[Keynes 1972＝2010 : 241] のである。

本書は、そのような性格の持ち主であったメアリー・ペイリーが自らの半生を綴ったものであり、教授夫人の立場から描かれるアルフレッド・マーシャルの人物伝ではない。ヴィクトリア時代の文化を体現した女性経済学者の回想録である。

注

（1）メアリーは一八七四年の道徳科学トライポス（優等学位試験）を受験した。当時の道徳科学トライポスの試験科目は、道徳哲学および政治哲学、経済学、論理学、精神哲学であった［*Student Guide* 1874 : 182］。

（2） ケンブリッジ大学に最初に設立された女子カレッジは、ガートン・カレッジである。同カレッジは、一八六九年にエミリー・デイヴィスの尽力によって創設された。一九七九年から男子学生も受け入れている。

（3） グライア女史は父親を亡くした後、一九〇四年に母親とケンブリッジに引っ越してきた。その年のイギリス科学振興協会の年次総会がケンブリッジで開催され、その経済学の公開講義に彼女は参加したのである。このときメアリーはニューナム・カレッジの経済学教育の責任者を務めていた。詳細は McWilliams-Tullberg［1993］を参照されたい。

（4） Groenewegen［1993］に詳しい。既存の研究によれば、アルフレッドとメアリーの夫婦関係は、ウェッブ夫妻やミュルダール夫妻とは異なるものであったという［Keynes 1972＝2010；McWilliams-Tullberg 1995］。

参考文献

櫻井毅［2012］「ヴィクトリア時代における経済学の展開と女性の立ち位置」、清水敦・櫻井毅編『ヴィクトリア時代におけるフェミニズムの勃興と経済学』御茶の水書房、三―六八頁。

Groenewegen, P.［1993］'A Weird and Wonderful Partnership Mary Paley and Alfred Marshall 1877-1924', *History of Economic Ideas*. 1(1): 71-109.

Keynes, J.M.［1972＝2010］*Essays in Biography*. in *The Collected Writings of John Maynard Keynes*. Vol.10. Paperback edition. Cambridge: Cambridge University Press（大野忠男訳『人物評伝』『ケインズ全集』第一〇巻所収、東洋経済新報社、一九八〇年）.

Marshall, A.［1919＝1924］*Industry and Trade*, Fourth edition, London. Macmillan.

Marshall, M.P.［1896］'Notes and Memoranda: Conference of Women Workers', *Economic Journal*, 6(21): 107-109.

McWilliams-Tullberg, R.［1993］'Marshall's Final Lecture, 21 May 1908', *History of Political Economy*, 25(4): 605-616.

――――［1995］'Mary Paley Marshall, 1850-1944', *Women of Value*. Edited by Diamond, M.A., Diamond, R.W., and Forget, E.L. Aldershot: Edward Elgar. 150-193.

――――［2006］'Mary Paley Marshall', *The Elgar Companion to Alfred Marshall*. edited by T. Raffaelli, G. Beccattini. Cheltenham: Edward Elgar: 11-15.

Robinson, A.［1948］'Review: *What I Remember* by Mary Paley Marshall', *Economic Journal*. 58(229): 122-124.

（一次資料）

CUC : *Cambridge University Calendar*. The University of Cambridge（ケンブリッジ大学図書館所蔵）.

Pamphlet : *Pamphlet addressed to members of the Senate*（1896.2.3）. By Alfred Marshall. Marshall 8/3/1. Marshall Papers. Marshall Library of Economics, Cambridge（ケンブリッジ大学マーシャル・ライブラリー所蔵）.

Student Guide : *The Student Guide to the University of Cambridge*. Third edition. Cambridge: Deighton, Bell and Co. 1874.（ケンブリッジ大学図書館所蔵）.

目　次

凡例

1 本書は、メアリー・ペイリー・マーシャル（Mary Paley Marshall, 1850-1944）の著作『想い出すこと』（一九四七年）の全訳である。底本には、*What I Remember*, Cambridge: Cambridge University Press, 1947, 54 pages を用いた。

2 原文のイタリック体について、ラテン語慣用句などは通常の書体で、また引用著作名の場合は『 』で示した。

3 原語を示す必要があると思われた場合には、訳語に続く（ ）でそれを示した。

4 訳文中の（ ）記号は、上記の3の場合を除き、原著者のものである。

5 訳文中の「 」記号は、原文の ' ' を示す。ただし、原文において ' ' が会話文以外に用いられている場合、訳文ではこの表記に従っていない場合がある。

6 訳文中の【 】記号は、原文の［ ］を示す。

7 訳文中の［ ］記号は、訳者の補足である。

8 原文にはメアリーの死後に追加された注が含まれ、訳文中の〔 〕記号でそれを示した。

9 訳注は本文中に（1）、（2）、（3）……で示し、各章末にまとめた。

10 原文で紹介された文献名について、邦訳があるものはそれに従い、邦訳のないものは訳者が日本語タイトルを付した。

11 『ケインズ全集』第一〇巻（一九七二年）に収録されている「メアリー・ペイリー・マーシャル」においてJ・M・ケインズが本書の草稿から引用した文章について、訳文中ではボールド体で示した。

12 『ケインズ全集』第一〇巻（一九七二年）からの引用は、以下を用いた。また、邦訳には原典の該当ページが記されているため、引用箇所では邦訳の頁数の表記を省略した。

Keynes, J.M. ［1972＝2010］ *Essays in Biography*. in *The Collected Writings of John Maynard Keynes*. Vol.10. Paperback edition. Cambridge: Cambridge University Press（大野忠男訳『人物評伝』『ケインズ全集』第一〇巻所収、東洋経済新報社、一九八〇年）.

想い出すこと

メアリー・ペイリー・マーシャル

85歳のメアリー・ペイリー・マーシャル

この企画を提案してくださった
ジョージ・トレヴェリアン教授に捧ぐ

メアリー・ペイリー・マーシャル
一九三四年六月

G・M・トレヴェリアンによる序文

メアリー・ペイリー・マーシャルは、一八五〇年一〇月二四日に生まれ、一九四四年三月七日に亡くなりました。つい最近の戦争〔第二次世界大戦〕が勃発する数年前に、彼女はこの回想録の原稿を私に見せてくれました。私はそのとき、あなたの亡くなった後に、この回想録がひょっとすると出版されるかもしれないことについて考えてみてくださいと、彼女にお願いしました。はじめのうち、彼女は持ち前の控えめさから躊躇していましたが、しばらくしてこの提案を受け入れたのです。それ以降、彼女は亡くなるまで、タイプした原稿を椅子のそばに置いて、思い出が頭に浮かぶままに文章を少しずつ加えていくことを楽しんでいました。大学出版会は、今では彼女の回想録の出版に同意しており、彼女の原稿に値打ちと現実味をくわえるべく、〔本書に〕たくさんの挿絵を入れることになりました。その編集作業は、彼女の甥のC・W・ギルボー氏により、愛情を込めて行われました。今年に入って、彼はケインズ卿に序文を書いてくださるように説得したのですが、悲しいかな、〔彼の死によってそれは不可能となり〕今では彼に比べればふさわしいとは言えない人物の筆によって書かれざるを得なくなりました。ケインズは一九四四年六月から九月にかけて、*Economic Journal* 誌に一六ページからなる素晴らしいメアリーの追悼文を書いております。本書は、その小伝の土台となったのですが、今日ようやく完全なかたちで公開されることになりました。

ケンブリッジにゆかりのあるみなさんには、あらかじめ説明しておくべきことはほとんどありません。本書では、今や久しく忘れ去れていた人々や光景が、生き生きとユーモアたっぷりに語られています。まず、ヴィクトリア女王とアルバート公が治めていた時代の、片田舎の教区における生活が、その教区牧師館に住んでいた聡明な少女の目を通して、福音主義者であった彼女の父親の肖像画とともに描かれています。続いて、彼女自身が実際に経験したケンブリッジ大学における最初期の女性教育について、ヘンリー・シジウィックの生き生きとした描写とともに説明がなされています。全体的に見て、ある意味でブロンテ姉妹やジョージ・エリオットに関する記述は注目に値します（歴史的にも本書で最も価値がある部分です）。また、ブリストルでの出来事、一八八一年頃にパレルモに滞在した際のアパートの屋上から見たシチリアの街に関するかわいらしいスケッチ、さらに、最も精力的に活動していたベリオル・カレッジ時代のジョウェットについて述べられています。そして、もう一人の典型的なヴィクトリア時代の人物として「献身的なサラ」が紹介された後、最後に、一八八〇年代にケンブリッジへ帰還した際のことが書かれています。特に、この頃には教授たちの婚姻禁止に関する規則が撤廃されていましたから、当時のことが世間の注目を集めていた男女とともに描かれています。これまでヴィクトリア時代を過ごした人々と付き合いがなかったり、当時の人々についてまとまった話を聞く機会に恵まれなかったりしたまま、この小著を読むことになる方は、間もなく、これまでとは違う新しいヴィクトリア時代の世界に引き込まれることでしょう。

当然ながら、本書には、アルフレッド・マーシャルに関する価値のある記述がとても多く含まれています。私は *Economic Journal* 誌にメイナード・ケインズが発表したアルフレッドとメアリーの両者について著述したものを引用する許可を得ておりますが、ケインズは、彼らのどちらとも大変親しく付き合っていましたし、［彼らに対する］惜しみない愛情や鋭い洞察をもってマーシャル夫妻のことを理解していました。例えば、ケインズは次のように述べています。

その後の四〇年間、彼女の人生と彼の人生とは、まったく一体のものになりました。お互いの気質がまったく異なっていた場合には、ウェッブ夫妻のようになっていたのかもしれませんが、彼らの関係はそうではありませんでした。マーシャルは、初めの頃こそ［メアリーに］同調し、どのようなときでも妻の洞察力に富んだ知性から何かを得ていました。それにもかかわらず、彼は次第に、女性の知性が織り成すものに有意義に役立てられるようなものはないと結論づけるようになっていったのです。一八九六年に女性への学位認定の提案をめぐって、偉大な精神力が試されることになった際、彼は生涯の友人たちを見捨て、妻の考えや気持ちに構うことなく、反対の立場に立ったのでした。しかし、メアリー・マーシャルは、「厳格な原理や原則」をもった人々がどのようであるかを理解していましたし、またそのことを尊敬し、受け入れるように育てられていました。彼女の人形（危うくも、彼女はそれらを神像に仕立てようとしていた）が、自分の愛する人によって焼かれたのは、これが初めてではなかったのです。

とはいえ、メアリーとアルフレッドの婚姻関係は、知的なパートナーシップであって、一方の側の心からの信頼と（彼は彼女なしには一日であっても暮らすことができませんでした）、他方の側の非常に優れた判断力によって、大きくなることはあっても損なわれることのない、深い献身と敬服の念がその根本にありました。彼女の明晰で、しっかりと先を見通すことのできる、裏表のない観察眼が何かを見逃すようなことはありませんでした。彼女は、時々であっても彼が対処する必要がないようにと、あらゆる物事をこなしていたのです。生まれもった性格、頭脳の明晰さ、そして私はぜひ付け加えておくべきだと思っているのですが、一種の先天的な芸術性のおかげで（これまで一度も彼女に比肩する人物にお目にかかったことがありません）、彼女はささいなことや気に障ること、あるいは余計なものごとがあっても、穏やかでユーモアに富んだ、愛情にあふれた優しさのおまじないをかけることができたのです。アルフレッドの存命中も、そしてその後にも、彼女が自分自身のために何かの必要を訴えたり、期待したりすることは、まったくありませんでした。自分は誰にも迷惑をかけてはいけないという考えが、常に彼女の思いの先に立っていたのです。

このようにして、素晴らしい能力を持っていたことで、彼女は直ちに自らの人生を彼［アルフレッド］の人生に溶け込ませたのです。彼らが結婚後すぐに行くことになったブリストルとオックスフォードのどちらにおいても、彼女は経済学の講義を行っており、アルフレッドとケンブリッジに戻った時には、彼女は再びニューナムで講師の職に就き、そこで長い間、学生生活の責任者を務めたのです。彼女は、［アルフレッドの］『経済学原理』の初期における、いくつかの版の校正刷りや索引に注意深く目を配り、あからさまな批判や直接的な批評とは異なったやり方で、偉大な書物の方向性やその進行具合に影響を及ぼしたのです。彼女にはブリストル大学から文学博士号（D.Litt.）の学位が授与されました。しかし、私の記憶する限りでは、彼女が経済学に関するトピックについて訪問客と語ったことは一度もなく、ベリオル・クロフトでの長々と続く経済学の話題に加わることすらありませんでした。真剣な議論の際には、彼女はいつもダイニングを男たちに託すか、あるいは、訪問者は二階の書斎へ上がっていくことになっており、まったく教養のない方であっても、彼女ほどにアカデミックな知識を表に出さないようにすることはできなかったように思います［Keynes 1972=2010：241–242］。

良書とは、「卓越した未亡人の生活」について書かれたものかもしれません（そして、出来の悪い本にはあまりにも易々とその生活が描かれていることでしょう）。私は、J・R・グリーン夫人やクレイトン夫人といった幾名かの偉大な未亡人たちの生活を目の当たりにする恩恵に預かりました。マーシャル夫人の生涯も彼女たちの人生と同じ位置を占めるものと考えています。彼女の人生における後半部分については、この回想録には何の記述もありません。しかし、一九二四年にアルフレッドが亡くなった後の二〇年間、彼女はマディングレイ・ロードにある、昔なじみの住まいで過ごしました。彼女は多くの友人たちを心から楽しませ、［ケンブリッジ大学の］経済学部で最も魅力的な人物でした。それに、マーシャル・ライブラリー（Marshall Library of Economics）――今ではケンブリッジ大学の保有する偉大な資産の一つを形成しています――の創設者であり、確かな援助もなさってくださいました。ここで再び、許可を得たケインズの文章を引用することにしましょう。

最初に、彼〔アルフレッド〕の蔵書は、在学中の学生たちが使用することを目的に大学に移管され、既存の学生用図書と合わせて**マーシャル・ライブラリー**になったのです。次いで、彼女〔メアリー〕は、捺印証書による払い込みから相当な金額の寄付基金を設けて、彼の著作物からの印税の年額をこの図書館に払い込むことでその補充をしたのです。それらの書籍の売れ行きは、彼が亡くなってからの何年間も減るどころか却って増大したのです（彼女の遺言では、さらに一万ポンドと夫の著作権のすべてをこの図書館に遺贈することになっていました）。しかし、何にもまして、彼女はまた、自らが〔マーシャルの遺した〕蔵書や次の世代を担う学生たちの守護の女神にふさわしい人物になろうと決心していました。彼女は七五歳の時に、大学の学則を無視するかたちで、マーシャル・ライブラリーの名誉司書補に任命されたのです。その学則によれば、今でもすべての人は六五歳で亡くなるものと見なすのが適当であると考えられています。そして、彼女は二〇年近くその仕事を続けました。九〇歳を迎えるまで毎朝、彼女は六〇年前のラファエロ前派の名残のあるサンダルをいつものように履いて、マディングレイ通りから図書館までのかなりの距離を自転車で通っていました（この図書館は一九三五年に、それまでスクワイア法学図書館が使用していた立派で広々とした建物に移動し、ダウニング通りにある地質学博物館に隣接しています）。しかし、彼女ははなはだ不満に

① ケンブリッジ大学 マーシャル・ライブラリー

思っていましたが、九〇歳になると掛かりつけの医師から［自転車での通勤を］禁止されたのです（部分的には、彼女の友人たちが医師に強く働きかけたこともあるのですが、彼女の体力的な衰えというよりも、多くの健康的な人々にとってさえケンブリッジの交通事情は危険なものになっていたのです）。このようにして、彼女はその図書館の責任者として、日々の午前中をマーシャル・ライブラリーで過ごしたのです［Keynes 1972=2010：249］。

こうして、彼女は生涯を終えたのですが、仕事、期待、そして進歩に向き合う彼女の姿が今でも思い浮かんで参ります。そうであっても、私たちが心の平穏を保つことができるのは、亡くなって久しい人々といつもつながっていられるからなのでしょう。

詩に神のご加護が含まれていることを、彼女はよく理解されていました。

晩年は、穏やかで、明るく
ラップランドの夜のように、美しく、
汝が眠るべき所へ導き賜え

1 田舎の教区牧師館での生活（一八五〇―一八七〇年）

本章で扱われる二〇年間を、私はむやみに広い旧家で過ごしました。そのお家の正面は紅白の薔薇に覆われていて、森の木々を背景にした芝生や、ハーブによって長く縁どられた緑のテラスのある庭に面していました。何年も後に老女になってそこを訪れるまで、私はその美しさをまったく理解していませんでした。

私の最初の記憶は、赤いフロックを着て幼稚園のテーブルの上に立っていたときのもので、その日は私の三歳の誕生日だったと聞いています。私は今でもあの赤いフロックを思い出すことができます。もしかすると、私たちの最初の記憶は、大概はその人が大切にしていたものに関係しているのかもしれません。確かに私はいつも色彩に愛着をもっていました。

私がその次にはっきりと思い起こすことができるのは、芝生の上にきれいに並べられた旗やそれらの旗に大きく金箔打ちされた文字に関する記憶です。一方の旗には「Victoria」という単語になるように、他方の旗には「Napoleon」という単語になるように文字が貼り付けられていました。この記憶は、［一八五三年から一八五六年にかけての］クリミア戦争の終わり頃のものに違いありません。その戦争が続いている間、私たちには、紅茶に砂糖を入れる代わりに、週に一度ですが半ペニー硬貨が与えられていました。その後もずっと私たちは砂糖を好んで使うことがなかったので、両親にとっては良い節約になったことでしょう。

② ピーターバラ駅の看板と時刻表

インド大反乱[1]について、私がとりわけ覚えているのは、その反乱に関するいくつかの主要な事件が描かれた透視画です。この透視画は弟と一緒に二つのローラーに長い紙を巻き付けて作ったもので、庭にあった木造の小屋に設置して使っていました。

また、等身大の伝道者が布教活動をしているところを描いたキャラコの綿布が、牧師館の長い回廊を覆っていたことも覚えています。その中で最もよく覚えている布教活動のシーンは、装飾品のナイフを耳に突き刺した野蛮な首長の表情です。

私が一〇歳になるまで、私たちは三人姉弟で、二歳年上の姉と二歳年下の弟がいました。弟とは大の仲良しで、一緒に長い散歩をしたり、木登りをしたり、鳥の卵を集めたりしました（それぞれの鳥の巣から卵を一つ拝借しただけです）。このコレクションを増やすために、産みたての卵を発見したときの興奮や、最終的に嘴で突かれるかもしれないのに、ショウドウツバメの長くて暗い巣穴にぐいっと裸の腕を押し込んだときの恐怖を今でも思い出すことができます。

私たち一家は、スタムフォードという最も近い町から五マイルほどのところに住んでいました[2]。何年か経ってピーターバラ[3]とスタムフォードをつなぐ単線の鉄道が敷かれるまでは――この鉄道敷設には少々興味深い歴史がございます――、スタムフォードには徒歩で向かうか、ポニーの馬車を使うかのどちらかしかありませんでした。近所には「スタムフォードタウン近郊のバーレイ家」のエクセター侯爵という偉い方が住まわれていました。グレート・ノーザン鉄道会社はスタムフォードを経由する路線を開通させたいと考えていましたが、ピーターバラとイッセンダインとを繋げざるを得なかったのは、かの侯爵が自分の街を鉄道によって汚させまいと考えていたからでした。こうして何年もの間、スタムフォードはその存在を忘れ去られ、経済的取引の場はピーターバラへ移ってしまいました。年月が経過するにつれて、その侯爵はスタムフォードがかつての地位を取り戻すことができるのなら、自らが費用を負担してでもイッセンダインへの路線を利用して、グレート・ノーザン鉄道の路線をスタムフォードにも繋げなければならないと考えるようになりました。姉はその［路線を走る］客車に飾り付けられたエクセター侯爵の家紋を見たことを覚えていると言います。しかし、侯爵のそのような遅れがちな行動は、スタムフォードの産業に対して損害を与えたとはいえ、その景観を昔のままに保つ手助けになりました。後年にその地を再訪した際、私はスタムフォードがどれほど美しい場所であったのかを実感しましたし、ウォルター・スコット卿がどのようにしてセント・メアリー教会に向かっていつも脱帽し、敬意を表していたのかを思い出したのです。その教会は「エディンバラとロンドンとを結ぶ最も立派な道」に建てられていました。

私の住んでいた教区は、二つの小さな村、教会を持たない一つの集落、そして二つの教会によって構成されていました。すべてが一マイル以内に収まっていて、人口は二〇〇名をわずかに超える程度でした。学校は二つありまして、そのうちの一つは、ソップス夫人が運営するデイム・スクール(4)でした。彼女は洗濯婦でしたが、月に一度は看護師もされていました。彼女は読み・書き・計算を教え、さらに女子生徒と同じように、男子生徒にも必ず編み物を教えていました。また、教会と学校のどちらでも、目上の方に会釈や膝を曲げておじぎをする際には、青いリボンの結ばれた樺の枝のむちが効果的に用いられていました。彼女による教育全体のなかでも、挨拶の仕方は重要な位置を占めていました。それぞれの村では日曜学校が開かれ、子供たちはそこで問答式の教育を受けました。教会のなかで悪態をつこうものなら、牧師館の真っ暗な「小麦粉の貯蔵庫」に閉じ込められましたし、学校で嘘をついたときには、赤い布地で作られた舌状のものを下顎に縛り付けられました。

庭園内にはホールと呼ばれていた大きな邸宅があり、教会へ続くプライベートな並木道も敷かれていました。そこには、複雑な事情をもつ、いろいろなご家族が次々にやって参りました。ホールについての私の最初の記憶は、見せびらかしと倹約とが混ぜ合わさったものです。そこに住んでいた人々は、周辺の移動には馬車を使い、深紅のビロードの半ズボンと白い靴下を身に着けた、馬車を操る御者や召使を連れていました。ところが、一度だけ男の子の友人と紅茶を飲むためにホールを訪れたことがあるのですが、「とても大きい苺だから」という理由で、たった一つの苺を二つに切り分けて与えられたのでした。また応接室には茶色のリンネルの織物のかけられた家具がありましたが、大切な行事の時にのみ使用されていました。ちょうどその頃、私は祖父母とヨーク近郊に滞在し、ときどき二人の未婚の老女たちに会いに行きました。そこでは椅子の上に新聞が積まれていて、その積み上がった新聞で作られた通路を歩かなければならず、これはホールでも経験したことがなかったことだと思います。それよりも後にホールに住まれた方のなかには、ある日曜日に友人たちと「シャムペイン・チャーリー[5]」を歌いながら村の周囲を馬に乗って駆けめぐり、その翌週の日曜に教会に現れた時には、淡いブルーのサテンの服と宝石を身につけておられました。

［ホールには］教養もなく、野卑な言葉を使う四、五人の農家の方々もおられまして、その人たちは地主の飼っている猟犬たちのために一定のスペースを確保することが必要だと考えていましたし、また、若干の間抜けな方々に至っては、自分たちの居住スペースの大部分を［猟犬のために］費やしており、そのことを疑問に思うことさえめったにありませんでした。村の人々は必ず膝を曲げておじぎをしていましたし、髪の房を引っ張られるようなことは一度もありませんでした。彼らは大家族で、第一子の誕生が予想されるまでは結婚を執り行わない若いカップルも珍しくありませんでした。子供たちの多くは、アモス、エゼキエル、オバディア、ケザイヤといったように、旧約聖書に登場する偉大な人物にちなんで名付けられていたのですが、犬にも聖書に由来する名前をつけようとして入

念に調べた挙句、ある犬は「モアオーヴァー」と呼ばれていました。

教会では古いしきたりが守られていました。最近は村の楽団がその役割を担っていますが、私が住んでいた頃は、聖職者の方がコンサーティーナ［鍵盤のないボタン式のアコーディオン］を演奏していました。その聖職者の方は賛美歌の詩を一行ずつ読み上げ、そこに説明が加えられることもありました。かつて私の母が花嫁として「この村に」やってきたときには、彼が歓迎の意を表して、集まった人々に読み上げた讃美歌は「その場にふさわしい」もので、「アブラハムが息子のイサクに嫁を娶らせるために使者を送り出した時」の詩であったようです。彼は説教壇の棚に置かれた二本のろうそくを灯す際にも、戒めの言葉をよく唱えておられました。「主よ、これらはなんと危険な状態にございましょうか[6]」といった具合です。ある週に未亡人が亡くなったのですが、彼は静かにこう述べたのでした。「皆様、ニューマン夫人も感謝しておられます。彼女は火曜日に埋葬されることを望んでおられます」。異議を唱えた方はいらっしゃいませんでした。礼拝の出席者はとても少なかったのですが、葬儀には多くの人々が集まりました。悪天候でしたが、教区牧師は可動式のシェルターの中に立ち、未亡人の棺は、棺を担ぐ人々の帽子をまとめて持っていた老女に続くようにして運ばれて行きました。

村では自給自足が十分可能でした。小さな雑貨屋さん、鍛冶屋さん、私たちの靴を作り、修理をしてくれたポップルと呼んでいた靴屋さん、日曜の晩餐会の準備をしていたパン屋さん――朝の礼拝に行く村人たちは、準備されたパイやプディングを競って取り合っているように見えました――もありました。素晴らしい彫刻家でもあったジョン・ワイルズという建築家の方もおられました。教会が修復された時、彼は木造部分の修繕と信者用の席の仕上げの作業のすべてを一人でこなし、説教壇と聖書台には素晴らしい彫刻を施してくださいました。

クリミア戦争が終結すると、一九一四年から一九一八年の戦争が終わった頃のように、将校たちのイングランドへの復員によって喫煙の習慣が国内に持ち込まれ、タバコが流行しました。ところが、一八六〇年代から一八七〇

PLATE 1
大執事 ウィリアム・ペイリー
(1743-1805)
メアリー・ペイリー・マーシャルの曽祖父
ナショナル・ポートレート・ギャラリー

年代にかけて喫煙の行為は紳士的ではないと考えられるようになり、父もその意見には完全に賛同していたと思います。私が思い出すことのできる唯一の喫煙者は村の老婆たちで、彼女たちは短めの陶器のパイプを携えていました。

私たちが子供の頃には、料理人、家政婦、看護婦といった三名の使用人が雇われていました。私たちの家は大きく、むやみに広いものでした。石炭は地下室から何段もの階段を使って、苦労して運びこまねばなりませんでしたが、水はポンプで汲み上げることができました。石の敷き詰められたキッチンや、そのほかの広々とした家事室の床は、よく磨かれた状態に保たれていました。［使用人たちの］賃金はとても低いものでした。私たちの親切な看護師には年五ポンドが支払われ、料理人には一〇ポンドから一二ポンドが支払われていたように思います。農家のお嬢さん方は、午前七時に楽しそうにやってきて、一シリングを稼ぐために終わりそうもない一日分の仕事に従事していましたが、彼女たちはその支払いの額を良いものと考えていたようです。そのため、大抵の場合、使用人たちは結婚するまでその仕事を続けたのです。リチャード・ホガードという名の男性は、広いお庭に関するすべての仕事をまかされており、馬やポニーのお世話もしていました。彼は時々お酒に酔っていることがありまして、ある時には、馬の尾のあたりに付けるべき装具を頭部に取り付けていたところを見つかったのですが、彼は「たいていの人はある決まった向きに取り付けるのがお好きでしょうが、他の向きに取り付けるのが好きな人たちだっているのです」と言って異議を唱えていました。彼の

PLATE 2
トマス・ペイリー牧師　　ジュディス・ペイリー夫人
（旧姓 ワーマルド）
メアリー・ペイリー・マーシャルの父と母

娘は何年も我が家の料理人を務めていまして、「主人のジョージのために給料を貯めているのです」と言っていました。

健康の管理は大雑把なものでした。村にはランコム夫人という、いわゆる助産師がいました。彼女はとても背が高く、かっぷくのいい女性で、あらゆる階級のすべての出産の場に立ち会っていました。彼女は妹をとても上手に取り上げてくださいましたし、おそらく私自身も彼女の手によってこの世に出て参りました。

寒くなり始める頃に、私たちの胸には幅の広い湿布薬が貼られました。春になるまでそのままの状態でしたから、それらを剥がすときには痛みを伴いました。春はまた硫黄や糖蜜の季節で、タラ肝油、ヒマシ油、［健胃剤の］グレゴリー粉末は一年を通して使用されていました。

長めの取っ手の付いた真鍮の火皿はベッドを温めるためのものですが、装飾品として飾られていたので、それらを使ったことは一度もありませんでした。

私たちはまた、ひどい霜焼けをしていたのですが、湯たんぽは聞いたこともないような贅沢品でした。他方で、私たちは過剰なほどの重ね着をしていました。夏でも冬でも、フランネルのベスト、膝まで届く長さのキャリコのシミーズ、たくさんのプリーツの付いたフランネルのペチコート、［姿勢等を保つために使用されるコルセットの］ステー、そして刺繍の施されたフリルのついたズロースを着ていたのです。

歯や目の健康管理については、それぞれに任されていました。歯医者さんという存在を一度も聞いたことがありませんでした。抜歯しなければならなくなった場合には、スタムフォードの化学者ヒギンズ氏にお願いしていました。若者たちが眼鏡を使うことはありませんでしたし、九〇歳を超えるまで長生きした両親のどちらも眼鏡を持っておらず、父に至っては、亡くなるまで定期的に新聞を読むことを心がけていました。

私にはおもちゃをたくさん持っていたという記憶がありません。日曜日だけ木馬やノアの箱舟で遊ぶことが認められており、ノアには長めの茶色い部屋用のガウンが着せられていました。**それらの人形が父に焼き捨てられるという、あの悲惨な日が来るまで、姉と私には人形で遊ぶことが認められていたのです。父が言っておりましたように、私たちは人形を偶像視していましたから、私たちに人形が与えられることは二度とありませんでした。**とはいえ、私たちは庭の一角を、私たちの言うところの馬小屋に見立てて、その中に、見た目のよい長い細枝をいくつも置いていました。それらの枝が私たちの馬だったのです。また、私たちはウサギ、雌鶏、そして、私たちがジャックと呼んでいたシェトランドポニーを飼っていました。ジャックは脱走する心配がないことを教えてくれました。

私たちはもちろん普通の子供たちが抱くような不満を持っていましたが、孤独に悩まされることはなかったので、［不満がある場合には］それらに素早く上手に対処していたと思います。私たちは姉弟みんなで一部屋を使うような状況でしたが、互いに叫びあったり、はしかや水疱瘡の跡を数えて見せ合ったりして、むしろその状況を楽しんでいました。ところが、ジフテリアに罹患した時でさえ隔離されることがなかったので、兄はそれが原因で亡くなりました。私も弟の看病をしていましたが、その二週間後に私自身が弟よりもはるかに体調を悪化させてしまいました。

九歳になるまでに受けた教育については、ほとんど思い出すことができません。しかし、マーカム夫人の『イングランドの歴史』（*History of England*）を音読してもらったことや、『故郷の近く』（*Near Home*）と『はるか遠方の国』（*Far Off*）という二冊の本から地理について学んだこと、そしてピアノで音階を奏したことについては例外です。一八五九年にドイツ人のガヴァネス［住み込みの女性家庭教師］が家にやってきて、より一般的な授業が始まりました。歴史は、大抵は年代が重要であることは間違いないので、私たちは「カシベラッド・ボアドープ」（*Casibelud Boadorp*）等から始める記憶術を使って学び、地理は主に都市や河川の名前を覚えました。しかしながら、フランス語やドイツ語はかなり徹底して教え込まれ、食事中は家族全員がドイツ語で会話をしていました。科学については、『子供向け勉強ガイド』（*The Child's Guide to Knowledge*）や『醸造者の手引き』（*Brewer's Guide*）で勉強しました。これらのうちで私が今でも覚えていることといえば、シルクの黒ストッキングがイングランドに持ち込まれた年代です。また「夜中の激しい雷雨の際にどうすべきか」という質問には、「ベッドを部屋の中央に持っていき、全知全能の神に自分自身を託して眠りにつく」というのが正解だったことも覚えています。私たちは、ラテン語、さらにヘブライ語を父と一緒に勉強し、ユークリッドの『原論』もいくらか習いました。子供向けの物語の本については、『広い広い世界』（*The Wide Wide World*）や『別荘にて』（*Holiday House*）、『ヘンリーとその召使い』（*Henry and his Bearer*）、『サンドフォードとマートン』（*Sandford and Merton*）を読みました。日曜日の教会では公開問答、集祷文、賛美歌、そしてクーパーの詩を学びました。『故国の日曜』（*Sunday at Home*）という定期刊行物があり、『天路歴程』（*Pilgrim's Progress*）と『フェアチャイルド家』（*Fairchild Family*）は繰り返し読みました。この雑誌には各章の末尾に祈祷文と賛美歌が掲載されていました。私の知っている多くの子供たちは、祈祷文と讃美歌のすべてを一気に済ませていたのですが、それはその愉快な本を気楽に楽しむためでした。さて、文学に関する主

な知識は、父が音読をしてくれた夜に養われました。父は『アラビアン・ナイト』、『ガリヴァー旅行記』、『イリアス』、『オデュッセイア』、英訳されたギリシャ劇、シェイクスピアの劇、そして、私たちが最も好んだウォルター・スコットの小説を読み聞かせてくれました。私たちは庭でこれらの演劇をしたり、お互いのことをそれぞれが好きな主人公の名前で呼び合ったりもしました。夜の時間帯を一日中楽しみにしていましたし、この記憶は生涯を通じて私から離れることはありません。このような読書に関しては一点だけいつもよく分からなかったことがあります。それは、スコットの本は良い作品だと認められていたのですが、ディケンズの本を読むことが禁止されていたことです。私が成長したのは『ディヴィッド・コッパーフィールド』を読む前のことでしたら、秘密にしておかなければならなかったのです。スコットの本には宗教的な論調があるのですが、ディケンズの本にはそのような宗教的な要素が欠けていたからだと思います。

とてもよく覚えているのは、「立ち居振る舞い」への配慮です。母は［周りをキョロキョロと見る］ポーキングと呼んでいた行為をとても嫌っていました。頭に丸い木皿を乗せて一列に並ぶ練習が繰り返し行われ、私たちの頭には「王冠」と呼んでいた金箔紙で作られた髪飾りがつけられていました。さらに、私は周りをキョロキョロみることが多かったので、レッスンを受けている間、傾斜の付けられた板の上に横になるようにして、じっとしていなければなりませんでした。

教養教育は私が一三歳頃に中断しました。私たちのガヴァネスが村の大きな農家に嫁いでいったからです。その翌年の一年間、姉と私は週に一度近隣の村にあった上流階級の若い女性向けの学校に通いました。その学校は二人の未婚女性によって運営されていて、私たちはその学校で『マングノールの問題集』、地球儀の使い方、そして立ち居振る舞いについて学びました。こうして私たちの教育は「終了」したのです。それからの二、三年間は読書をしていまして、私たちの選んだ本はすべて読むことができました。時々ですが、刺激的な出来事もございました。

母は私たちを一八六二年の万国博覧会へ連れて行ってくれたのですが、それは大変忙しないものでした。私たちはポニーの馬車でピーターバラまで九マイルの道のりを進み、そこからロンドン行きの鈍行列車に乗りまして、数時間だけでも万国博覧会を見ることができたのですが、たくさんの氷菓子を口にしてしまい、帰宅する途中で具合が悪くなってしまいました。また、時々のことですが、数日間をロンドンで過ごすこともありました。鉄製のベッドが普及する前のことですから、珍しいことでもありませんでしたが、当時の宿泊先で虫に襲われそうになったこともありました。幼かった頃の夏の時期には、田舎にある教区牧師館での生活は十分に楽しいものでした。庭でゲーム遊びをしたり、ラウンダーズ［という旧式の野球］やアーチェリーをやったり、庭の中央に十分な幅のフープやベルがあったのでクロケーを楽しんだりしました。クリノリンのフープスカートが流行った頃のことでしたから、こっそり［試合中にそのスカートを使って］都合のいい所にボールを移動させることもできました。友人たちは週末の間だけでなく、短い場合でも一カ月間は泊まりにきていました。時折ですが、私たちも一週間から二週間ほど家を離れることがありました。ハンスタントン［ケンブリッジシャー北東の海辺の街］は大好きな保養地でした。もちろんキングス・リンから先には鉄道で行くことができなかったので、私たちはロバの荷馬車か、何か別の移動手段を使いました。

③ キングス・リンの運河

その後、私たちの成長期にはスカーバラ［ヨークシャー北東部に位置する海辺の街］に長く滞在しました。父は仕業や演劇に取り組み、電気学や写真撮影にも関心を持っていましたし、母は率先して行動していましたから、いつも明るく楽しそうでした。私たちはまた、優秀なドイツ人のガヴァネスから非常に多くの恩恵を受けました。彼女はフランス語やドイツ語、すてきなスケッチや音楽を教えてくれただけでなく、人生に豊かな彩りをもたらしてくれたのです。彼女は、私たちとゲームをしたり、短い演劇や言葉当て遊びを教えてくれたりしましたし、いつも朗らかにされていました。そのため、彼女が結婚した時には私たちはとっても寂しい気持ちでした。彼女が去り、［私たちも］ガヴァネスの教育を受ける段階を過ぎた頃、特に冬の時期には日常的に為すべき仕事もないので、私たちは退屈さを感じるようになりました。道路は泥ばかりで、深い轍（もはやこの用語が理解されないということを最近になって知りました）がありましたから、貧しい人々を訪ねたり、礼拝に向けて歌を練習したり、日曜学校で教えたりすることが適切な仕事とはとても言えませんでした。実際には、村に病人が出ると何かやるべきことを与えられたように思われ、充足感を感じながら［病人を］迎え入れていたのです。時々ですが、私たちは夕食会や舞踏会に誘われましたが、父が私たちの送り迎えをしておりまして、まさに盛り上がり始める九時になると、私たちをポニーの馬車で連れて帰るというルールがありました。それから、近隣の方々との交際は貴族的で排他的なものでしたし、キツネ狩りや競馬をする機会がたくさんありました。父はそのような方々とは対照的で、根っからの急進主義者でした。もし父が［キツネ狩りの最中に］猟犬に出くわしたのなら、彼らを間違った方向へ行くように導くことが最も望ましいと考えたでしょうし、競馬場に付き添って行こうものなら、入場口に立ち、賭け事の悪魔について書かれたパンフレットを配布したことでしょう。

　父は厳格な福音主義者でしたが、あまりにも厳格だったこともあり、近隣に彼が親しくできるような聖職者の方がいたとしても、それは二、三名に過ぎなかったと思います。ケンブリッジ大学の学部生であった時分に、彼は福音復興運動の影響を受けていまして、シメオンとの個人的な関係が、その後の父の人生全体の基調を成していました。長くて退屈な早祷式の間に少しずつ執筆が進められたというマシュー・ヘンリーとシメオンに関する著作が、ずらりと並べられていたことを覚えています。彼は国教会と他の教会との間に境界をほとんど設けておらず、スコットランドに出かけた際には、スコットランド長老派教会におけるシメオンによる説教の例を時々探していました。彼はサイエンスにも関心があったのですが、今では原理主義者と呼ばれるように思います。例えば、同居していた地質学者の旧友が、聖書の洪水に関する記述に疑問を呈したことがあるのですが、その後、彼と話をすることは二度とありませんでした。父は信仰の外形にはまったく意に介さず、信仰の精神よりもむしろその外形を強調するようなあらゆる傾向を脅威に感じていたのです。彼の教会では、チャンセル〔牧師の席〕を切り離すための奇妙な内陣の仕切りは外され、使えないようにしてありました。東側の壁側から上手に移動させたテーブルの上には、聖餐式用のワインの入った黒いボトルが置かれていました。姉は、そのテーブルの脚を隠すためにテーブルの布を下げたことがあるのですが、そのことで叱責されたことがあります。その理由は「テーブルの脚は、それがテーブルであって、祭壇でないことを示すものなのだ」というものでした。父はいつも黒いガウンを着用して説教を行っていましたが、集会場から見えるところでサープリス〔白い羽織〕から〔黒の〕ガウンに着替えていました。彼の説教は、実践的というよりもむしろ神学的なものだったので、村人たちに適わしいとは言えませんでしたが、時々ですが、プロテスタントの宗教改革の担い手であったラティマーやリドレーの説教に変更を加えることもありました。とはいえ、私は父が行うよりも見事な祈祷や朗読を今まで経験したことがありません。また、父の説教を頻繁に聞く機会のあった方は次のように言っています。「力強い表情に、白髪を蓄え、黒いガウンを纏った――ひたむきで、堂々として、厳かな――立派な老人の姿は、まさに過去の歴史から取り出した一ページを見ているようでした」。

〔本書「付録　トマス・ペイリー牧師（神学士）」を見よ〕

訳注

（1）　一八五七年に東インド会社のインド人傭兵シパーヒー（セポイ）による反乱をきっかけにして、イギリスによる植民地支配に不満を抱いていたインドの人々が抵抗運動を引き起こし、その影響はインド全域に及んだ。その結果、ムガル朝が滅亡したとされる。

（2）一マイルは約一・六キロの距離なので、五マイルは約八キロの距離に相当する。

（3）ケンブリッジシャー北部に位置する町で、その中心にはピーターバラ大聖堂（Peterborough Cathedral）がある。鉄道でケンブリッジ駅からスコットランド方面に向かう際には、ピーターバラ駅で乗り換えを行う必要がある。

（4）一人の婦人によって営まれていた初等教育（読み書き）を行う学校ないし私塾のことである。

（5）ジョージ・リーボーンの作詞、アルフレッド・リーの作曲により、一八六七年に発表された曲である。以下のウェブサイトにて視聴できる。The Victorian Web（http://www.victorianweb.org/mt/musichall/1.html).

（6）原文は、'They be kicklish, sir'である。古代語やコーンウォール地方の方言に関する辞書によれば、'kicklish'とは、危険な状態や位置を表す形容詞で、'delicate'や'difficult'に近い表現であるという（参照：Jago, F.W.P. 1882. *The Ancient Language, and the Dialect of Cornwall*. Truro: Netherton and Worth, p.200)。

2 ケンブリッジとニューナムの始まり（一八七〇―一八七五年）

私が一八歳の時に姉が結婚しまして、田舎の村での生活がこれまで以上に活気のないものになってしまったので、私は姉に倣い、彼女に続くのが望ましいだろうと考えていました。当時の女性たちは今よりも若くして結婚をしていましたから、二〇歳までに結婚をしないか、ともかく婚約まで至っていなかった場合には、その女性は結婚できそうもないというのが共通の考えでした。そのため、私はある方と婚約することになったのです。その方は官僚をしておられ、［婚約後］まもなく三年間のインド出張に出向かなければなりませんでした。彼が不在にしている間、一八歳以上の女性を対象とするケンブリッジ大学の一般入学者能力検定試験（Cambridge Higher Local Examination）が一八六九年に発足したので、何かがしたいという気持ちから、私はその受験の準備に時間を費やしたのです。そうして彼が帰国した際には、私たちには共通の関心がほとんどないように思われたので、婚約を解消しました。父はわれわれの婚約を快く思っておらず、認めてもいませんでした。私は父と神学や数学に関する知識を深めていましたし、かつてのガヴァネスからフランス語とドイツ語は習っていたので、一八七〇年と一八七一年に受験したのです。試験会場はロンドンでした。**リヴィング教授が試験監督をなさっており、クラフ女史は私が円錐曲線に関する問題にすっかり参って嘆いていたところにやってきて慰めてくださいました。**彼女は他の科目で挽回できているかもしれませんよと声をかけてくださったのです。実際、私は神学とドイツ語で「優」の成績を獲得していたので、円錐曲線の問題を解けなかったにも関わらず、その夏に父とスカイ島に旅行へ出かけていた時に吉報が届きました。それは、ケンブリッジ大学に進学する場合には、クラフ女史と生活すること、そして創設されたばかりの女子学生向けの講義に参加することを条件に入学が認められるというものでした。**父はそのことに満足して喜び、クラフ女史に対する賞賛が娘をケンブリッジに送り出すことに反対していた感情を覆してしまったのです**（「**娘を下宿させるというのは**」**当時としては、とんでもないことでした**）。こうして一八七一年一〇月、父は私を連れてケンブリッジへ向かいました。私はリージェント通り七四番地（現在のグレンギャリー・ホテル）[1]でクラフ女史と暮らす五人の学生の一人になりました。そして、私は今でも、私たちを迎えるために玄関に立っていたクラフ女史の白髪や大きな黒目をよく覚えています。**父と彼女とは親友になり、後年にマートン・ホールで舞踏会が催された際に、「ロジャー・ドゥ・コヴァリー卿」を連れ立って踊っているところを見たことがあります。**

リージェント通り七四番地は、ヘンリー・シジウィック氏が長期休暇の時間とそのために用意していた資金を使い、私たちのために借りてくださった場所でした。一八七一年に書かれた彼の手紙には、「このように長い休暇を実際に取ることはないでしょうし、そもそも私は一文無しです。家計を管理する責任もあり、いつの間にか食器類やリンネル製品などにかかる経費を試算しているほどです」と書かれています（この部分とこれに続く引用文は、シジウィック夫人とアーサー・シジウィック氏によって書かれた彼の伝記から持ってきたものです）。そのような状況でしたから、もちろん私たちも経済的に生活しなければならないと考えていました。そして、**シジウィック氏とマーシャル氏に関する私の最初の思い出は、クラフ女史のリビングでテーブルを囲むように座りながら、家用のリンネルの服を縫っていた晩のことです。このときに私は初めてマーシャル氏を目にしました。あのような優美な顔立ちと才気あふれる目をした魅力的な表情の方を、今までに一度も見たことがないと感じました。私たちはじっと静かに座っていましたが、彼らがクラフ女史と交わす高度な議論を耳にして、いくぶん畏敬の念に包まれたのでした。**しかし、そのような議論ばかりされていたのではなく、例えばシジウィック氏は、どのようなテーマでも最も楽しそうに話される方でした。彼に等しい才能をお持ちの方は、オックスフォードのヘンリー・スミス以外には存じ上げません。シジウィック氏はあらゆる主題に言及されましたが、同じ話が繰り返されることは決してありませんでした。どなたかが彼について述べていたように、「もし彼のいるところで雑巾を話題に取り上げたとしても、彼はその場で雑巾を魅力あるものとして話をされるでしょう」。時々ですが、彼は話を始めると日常的なことでも不注意になってしまうことがありました。ある日、彼は夕食のお手伝いをしてくださいました。そのとき彼はスープを取り分けるために大きめのスプーンを使われたのですが、私たちを喜ばせようとして、そのスプーンでアップルパイの中身を全て取り出してしまったのです。私たち［学生］は五人に過ぎなかったのですが、彼はずいぶん手がかかると感じていたようです。別のもう一通の手紙に、彼は次のように記しています。「若い女性たちには自由に対する強い衝動がありますが、彼女たちは母親らしくふるまう必要はないとする時代の流れに惹かれているようです」。あの頃のクラフ女史は、必要以上に私たちを女学校の生徒たちのように扱う傾向があったように思います。小さな宿舎の中で私たちはいつも近くにいましたし、食事はもちろん彼女と一緒でした。しかし、彼女は成長や順応に関して偉大な能力を備えた女性でしたから、［イングランド］北部にある学校の女性教師という身分から、次第に理想的な学校長へ進まれたのです。メアリー・ケネディと私は、最も多くの規則を破った学生でした。例えば、ある日、私たちはクラフ女史に「日中はイリーで過ごすつもりなので、何時頃に帰宅できるか分かりま

④ イリーの大聖堂

PLATE 3
クラフ女史と最初の5人のニューナムの学生たち
1871年10月
立っている人物（左から右へ）メアリー・ケネディ（25歳），メアリー・ペイリー（21歳）
座っている人物（左から右へ）エディス・クリーク（16歳），エディス・ミゴールト（16歳），クラフ女史
エラ・ブリー（31歳）

せん」と伝えました。彼女は何も言いませんでしたが、その直後の『学報』にはある項目が設けられていました。それは、「近郊への小旅行を希望する学生は、学寮長の許可を得なければならない」というものでした。実のところ、私たちは幸福な一日のほとんどを大聖堂で過ごし、感じの良い男性に連れられて大聖堂の塔に登ってから「その小旅行を」終えることにして、その方とはケンブリッジに戻る前に別れたのでした。シジウィック氏は、私たちの問題行動に煩わされまいと心から願い、ある計画を決めておられ、私たちのところへやってきて話し合いの機会をもちました。そして私は代表者として、これまでの素行を改め、再出発することを約束したのでした。この心の入れ替えが容易になったのは、学生の数が一二名に増加し、その後の二年をマートン・ホールで過ごすことになったからでした。

マートン・ホールでは、ダイニング・ルームは二つのテーブルが置けるほどに十分に広く、夜中になってもナイチ

ンゲールが私たちの睡眠を妨げるような素敵な庭園や、幽霊に憑かれているとされた古代のピタゴラスに因む建物が併設されていました。もっとも私たちの前に現れた唯一の幽霊は巨大なクモでしたが。

リージェント通り七四番地の宿舎は、五名から六名の学生が居住できる程度の大きさでした。私の記憶のなかで際立っているのは、エラ・ブリー（アーミテージ夫人）です。彼女はとても背が高く、堂々としていて、大きな髪飾りを付けていました。彼女は［ケンブリッジ大学では女子学生として］最初の研究生となり、大学図書館で勉強することが認められていましたし[2]、シジウィック氏やマーシャル氏とも会話をしていたので、私たちは彼女に対してどちらかと言えば畏敬の念を抱いていました。それから、私たちのグループで最初に歴史学トライポスを受験したフェリシア・ラーナー、試験をこよなく愛し、ブラッドショウを暗唱できるほどに理解していた一六歳の神童エディス・クリーク、そして大の仲良しで、**アイルランド系の素敵な目を持つ、愛らしい人柄のメアリー・ケネディがいました。このような状況はシジウィック氏に一抹の不安を引き起こしました。後年、親友のペイル夫人は、私たちが寄宿を始めた頃に、シジウィック氏がどのようにして手に汗をかきながら応接室を行ったり来たりしながら、「彼女たちがあれほど美人でなかったのなら」と述べたのかを聞かせてくださり、私たちを大いに楽しませてくれました。ケンブリッジのご婦人たちのなかには、女子学生のことを快く思っていない方もいらして、私たちの服装を監視していました。シジウィック氏は、私たちが「タイドバック」の洋服**（当時の流行）**を着ているという噂を耳にして、クラフ女史にそれがどういう物であるのかを尋ねたのです。そして彼女は私たちにどのようにすべきか意見を求めたのです。でも、背中で結ぶようになっている紐を結ばないなんてことができるのでしょうか？**

初期の学生五名のうちの四名は、トライポス［ケンブリッジ大学の優等学位試験の総称］の受験に向けて、一八七一年にはリージェント通り七四番地で居住していましたが、次の二年間に正規の学生でない方たちが私たちに加わりました。特に印象に残っている方は、マートン・ホールで「修道女の小部屋」と呼ばれていた部屋に住んでいたトルミーです。彼女はシェトランド諸島の出身でした。彼女の身長は優に六フィート（約一八〇センチ）はあり、赤い髪の毛は膝まで届くほどの長さで、ハロウィーンの日には私たちの運命について話をしてくれました。後に、彼女は島の住民の方々からヘブリディーン諸島の民謡を聞き出し、蓄音機でそれらを録音したのです。そのおかげで、彼

PLATE 4
上：ニューナム・カレッジの最初の家屋、リージェント通り74番地
（カレッジ所有のメアリー・ケネディによる描画より）
下：ベンサムと禁欲主義者との対話
（メアリー・ケネディによって描かれたもの）

女が行わなかったのなら失われていたかもしれない多くの民謡が救われたのでした。

ケンブリッジに来た当初、私にはトライポスに向けて勉強をするという考えがありませんでした。私は「一般教養」を修得することを望んでいたので、ラテン語、歴史、文学、そして論理学の講義を選択しました。最後の論理学は、父から「まず間違いのない」科目だとアドバイスを受けていました。父は、厳格な福音主義観をお持ちの牧師で、道徳哲学教授を務めておられたバークス教授に私の世話を頼んでいたのです。ある学期、私は従順にもバークス教授の教会（趣きのある古いセント・ジャイルズ教会で、丘の斜面に沿って床が傾斜していました）や彼が日曜に開催していた「集い」に通って、日曜学校では教師を務めたりもしました。しかし、ミルの演繹的な『論理学』[3]、『この人を見よ』（*Ecce Homo*）、ハーバート・スペンサー、そして一般的な思潮が、私の昔ながらの考えを徐々に弱めていきました。私はこれらの主題をめぐって父とは決して議論をしませんでしたが、かつて私と父の間で一致していた考えが次第になくなっていることは互いに理解していました。同年の秋学期に、私はもう一つの科目に関心を持ち始めました。親友のメアリー・ケネディが経済学の講義に一緒に出席しようと主張したのです。私は当初、その講義では賃金や当たり前に知られていることを議論しているにすぎないと言って反対しましたが、彼女が断固として譲らないので、結局付いて行き、その講義に出席したのです。その講義は［フィッツウィリアム博物館の敷地内にある］グローヴ・ロッジの馬車置き場で行われました。その場所は、女子学生向けの講義のために、大学出版会のクレイ氏が貸してくださったのでした。私はその講義がとても充実していたことを覚えて

⑤ ケンブリッジ大学 フィッツウィリアム博物館

います。受講者は私たちの五人か六人に過ぎませんでしたが、そのなかにはメアリー・ケネディ、エラ・ブリー、フェリシア・ラーナーが含まれています。**マーシャル氏は、ずいぶん緊張なさっていて、指の間からすべり落ちた羽ペンを曲げながら、とても真剣な表情で、生き生きとした目をして黒板の側に立っていました。**

由緒ある数理科学トライポスと古典学トライポス、それから法学トライポスとともに、一八七〇年に唯一存在していた優等学位試験は、一八五一年に創設された道徳科学と自然科学のトライポスでした。ケンブリッジの詩人の言葉で「この自然の腐敗と、この道徳の愚かさよ」と表現されるのですが、それらには重要で革新的なことが考慮されていたに違いありません。道徳科学トライポスは二〇年間も異様なほどに貧弱な存在でしたが、一八七〇年においてそれは経済学が居場所を見つけた唯一のトライポスであり、［その受験資格に］数理科学トライポスと古典学トライポスのどちらの成績も不要とされたので、数学と古典学のどちらかが苦手とされる女子学生にはふさわしい専攻だったのです。

第一学年を終えたとき、マーシャル氏は私とメアリー・ケネディに道徳科学トライポスを受験することを勧めてくださり、私たちは喜んで同意したのですが、彼は次の点を指摘されました。「このことは覚えておいてください。あなた方はこれまで荷馬車の馬と競い合っていましたが、トライポスでは競走馬との競争になりましょう」。

私たちは、実際に男子学生と同じ講義を受講しましたが、男女混合のクラスが不適切だとされる場合には、先生方は講義を余分に二回も開かなければなりませんでした。不眠症に苦しんでおられたシジウィック氏は、時々ですが一分か二分ほど居眠りをしてしまうことがあり、中断したところから再び話をするのでした。彼はかつて睡眠欲について、グラッドストーン氏の主治医であったアンドリュー・クラーク卿に相談したことがあり、乗馬をするように勧められました。「シジウィックは、ランニングはどうでしょうかとも尋ねました。アンドリュー卿が笑顔で同意を示されたので、それから何年も彼は軽めのランニングを日々の運動に取り入れていました」。そうして彼が

〔キングス・カレッジ裏の〕バックスに沿って、クローク〔いわゆる、マント〕を風になびかせながら走っているところを見かけることがしばしばありました。第二学年になって、私たちはシジウィック氏の講義にも出席するようになりました。彼の講義もまたクレイ氏の部屋を借りて行われまして、シジウィック氏が、低い位置にある大きな窓を背にして、座って講義されていたのを覚えています。彼は椅子を後ろの方に傾けて、すぐに元の位置に戻すということをよくしていたので、私たちをドキリとさせました。彼は講義中に好んでよく指を動かしておられ、紙きれできれいなこよりを作ったりしていました。そして、そんな彼のために、私たちは様々なものを〔教卓に〕並べておいたのですが、赤い紐が大のお気に入りだったようです。

彼は私たちに規則をきっちり守らせました。ある学生が講義を無断欠席したときのことです。その次の講義で、シジウィック氏は当該の女子学生に向かってこう言いました。「君は先日の講義にいませんでしたね！」「はい、お茶会に行っておりました」「あなたは謝るべきではないでしょうか」「それは二杯のコーヒーと素敵な男性たちに対してでしょうか？」　部屋を立ち去る前に、シジウィック氏は静かにこう述べました。「謝罪文が届くのをお待ちしています」と。彼女は反省文を書いて送らなければなりませんでした。

⑥ バックスとキングス・カレッジのチャペル

講義は男女別に行われる場合でも付き添い人が必要でした。そのため、その負担の多くを一手に引き受けていた、かわいそうなクラフ女史はときどき居眠りをすることがありました。長時間にわたる経済学の議論の終わりに、彼女はひとたび目を覚まして、「マーシャルさん、その点をもう一度説明してくださいませんか。大変難しいです」と言いましたが、彼は柔順にもその求めに応じていました。

私たちは草分け的な存在でしたから、かなり一生懸命に勉強に取り組みましたし、「大儀」に向かって信頼を高めなければなりませんでした。気晴らしになるようなこともなかったので、私たちは長い散歩をしていました。とはいえ、週に一度ですが、フォーセット夫人に付き添われて、公営の体育館に行くことができました。フォーセット夫人は、長いロープを最も上手に登ることができ、高いところにある窓から外を眺めることができました。それからセント・ジョンズの学寮長夫人であったベイトソン夫人は、マスターズ・ロッジ〔カレッジ内にある学寮長用の邸宅〕の大広間で、八時から一〇時までダンスの手ほどきをしてくださいました。彼女は、白い綿モスリンと青いサッシュを肩にかけた四人の自分の娘たち（そのうちの一人のメアリーは、後に素晴らしい歴史家に成長しました）が周りを取り囲むようにして踊っているところを見るのがお好きだったようです。その場には、私たちが「お坊ちゃんたち」と呼んでいた、どちらかと言うと見下していた学部生と、数名の教授がいらっしゃいました。**一度ですが、私はマーシャル氏がどうやら憂鬱そうにしているのを見かけましたので、ランサーズを踊りませんかとお誘いしたことがあります。彼は驚いた様子で、どうやって踊るのか知らないのだと仰いました。しかし、私の誘いに応じてくださったので、私は彼を導くかたちで、その複雑で分かりづらいダンスを踊り切りました。それにも拘わらず、私は自分自身の大胆さに動揺して一言も言葉を発することができず、彼がどんな話をしてくださったのかも覚えていません。**時々、私たちの先生方は、自分たちの部屋で催していた日曜の晩餐会に私たちを招待してくださいました。というのも、〔私たち女子学生の〕五人は実に扱やすい人数だったからです。マーシャル氏が私たちに声をかけてくださったのは、クラフ女史が私たちをセント・ジョンズ・カレッジのチャペルでの礼拝に初めて連れて行ってくださった時のことでした。礼拝を終えてから、私たちは――〔同カレッジの〕ニューコートの最上階にある――彼の部屋に向かいました。そこでの初めての晩餐会の際に、メアリー・ケネディが、「背面鏡」がありませんので、私たちの髪が整っていることは決して期待しないでくださいね、とマーシャル氏に伝えたのです。彼はそのときには「背面鏡」が何なのかをご存知ではありませんでしたが、それについて調べられたようで、上等なものを用意してくださいました。その「背面鏡」は、いまでも私が使っているものです。私たちは紅茶をいただき、クランペットとマフィンを勧められました。私たちがそれらをいただいているとき、主催者の方がクランペットは「効き目の遅い毒」で、マフィンは「即死もの」と言うので一抹の不安がございました。その場にふさわしい数名の教授たちも招待されていましたので、紅茶をいただいた後に、私たちは写真に目を向けて彼らとの会話の助けにしていました。マーシャル氏は、哲学者、詩人、芸術家などにグループ分けされた膨大な肖像写真のコレクションをお持ちでした(4)。かつて彼は一枚の肖像写真を見るだけで、それが詩人の顔か音楽家の顔なのかといったことを推測できるようにするために、グループ分けされたものを一括してまとめてみたいと考えておられました。しかし、その後、彼はその考えを諦めました。というのも、（いわゆる）ルーベンスはどちらかと言えば、偶然、芸術家だっただけで、大きな成功を収めたビジネスマンだったかもしれないという点に気がついたのです。その晩は、サンドウィッチとオレンジの簡単な夜食をいただいてお開きとなりました。

一八七四年のトライポスの時期がやってきました。当時、トライポスは一二月に実施されていました。私たちは最後の最後まで、私たちの答案に四名の試験官の全員が採点してくださるのかどうか知り得ませんでした。非常に頑固な試験官がいらしたので、私たちは［採点してくださるように］説得を試みたのですが、シジウィック氏は「私的な働きかけ」をすべきでないと

⑦ セント・ジョンズ・カレッジのニューコート

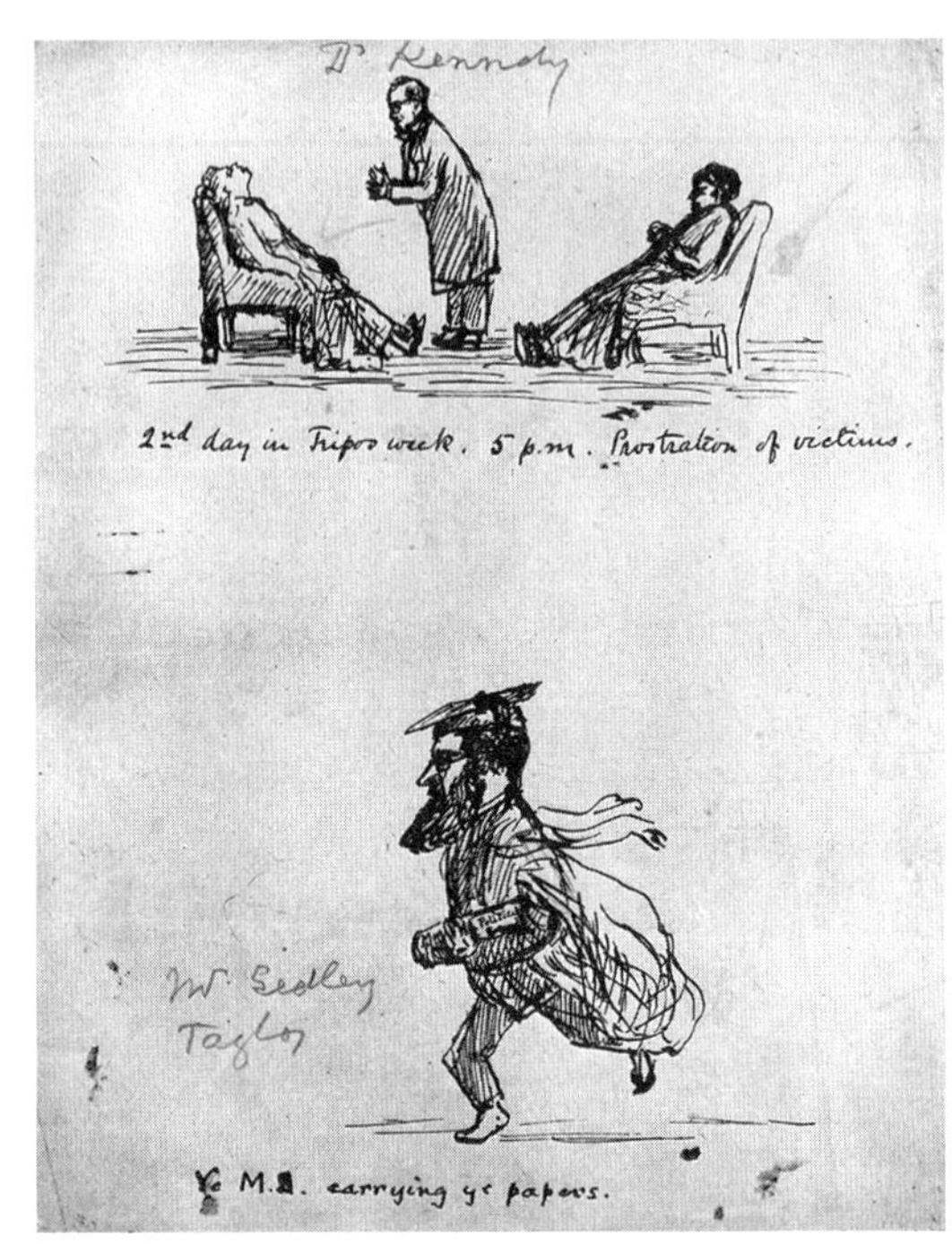

PLATE 5
TRIPOS WEEK
（エイミー・ブリー作）

言って私たちを叱責しました。

　第二学年の終わりにメアリー・ケネディは深刻な病を患ってしまいました。その際、シジウィック氏は、とても親切で思いやりのある態度をとられ、クラフ女史の手助けをし、彼女の負担が軽くなるようにしていました。その病気によって、彼女と私が一緒にトライポスを受験することは適いませんでしたが、翌年、彼女が受験したトライポスの初日のことです。午前八時に雨の中を古い緑色のガウンを羽織ったシジウィック氏が彼女のもとにやってきたようです。彼女が覚えておくべき、細かないくつかの点を思い出したからだというのです。また、私がトライポスを受験する前にも、彼は指導を通じて私たちの決定的な弱点に気づき、哲学史に関して簡潔で明瞭な説明をしてくださいました。それは、彼が私たちのためを思って特別にしてくださったものだと思います。

　メアリー・ケネディの不運のために、私たちは一緒にトライポスを受験することはできませんでしたが、私はリトル・ゴー（[トライポスを受験するための]予備試験）を通過した後、ガートン・カレッジから移籍してきたエイミー・ブリーと勉強仲間になりました。ニューナムではガートンよりも弾力的に試験対策をしていたので、彼女は私たちのところへやって来たことで、より多くの勉強時間を確保することができたのです。

私たちは、ベイトマン通りのケネディ博士のご自宅の応接室で〔トライポスを〕**受験しました。ケネディ教授は、かのラテン語文法の権威の方です。彼は幾分興奮しやすく、怒りっぽい性格でした**（私たちは彼のことを赤面少年と呼んでいました）。彼は試験監督をしていましたが、ときどき居眠りをしていましたので、私たちはガス灯に火を灯して彼を起こさなければなりませんでした。また、ある朝、彼はやや性格のきついご令嬢のジュリアに怯えて、髭剃りを買うために出かけなければと言って、いきなり部屋を出ていってしまいました。しかし、彼はこうした出来事にふさわしい詩を巧みに創作して、これらの問題点を埋め合わせたのです。

誰かを喜ばせるための作り話でないことをホープ〔Beresford Hope〕**に告げよう**
お世辞は男どものものであり、少女たちはうまく対処することができましょう
優位にある男性陣と果敢に競い合いたまえ
そして、道徳科学で勝利を掴み取るのだ。

【トライポスの試験問題は、セネットハウスで「ランナーたち」——私たちはそう呼んでいました——が受け取った後、ベイトマン通りまで急いで届けられました。そのランナーには、シジウィック、マーシャル、セドリー・テイラー、そしてヴェンが含まれていました。当時、試験官の会議では決定票を投じるための議長が不在でした。私の成績に対して、二名の方が第一級に、別の二名の方が第二級に投票なさったので、シジウィック氏が仰るように、私はまさに「天国と地獄の間で」宙吊り状態でした。こうして、ケネディ博士は次のような詩を作られたのです。(5)

二人は称賛の辞をつらねて彼女をたたえ
二人は気乗りしないほめ方で彼女をけなそうとしていたけれども
彼女の精神的気力と道徳的気力とは
それぞれの試験官によって証明された。
彼らはとまどっていたのだろうか、——
おぉ、フォックスウェル、ガーディナー、ピアソン、ジェヴォンズ！

私たちはクラフ女史の学生のなかで、トライポスを初めて受験した二人だったので、とてもよくしていただきました。ケネディ家のご令嬢方は、私たちにとてもおいしい軽食を提供してくださり、また、試験を終えた後には、私たちがあまりにも興奮しすぎていないかと気遣ってくださり、試験結果が明らかになるまで私たちをイリーへ連れて行き、一緒に泊まってくださいました。】

その当時（一八七一年から一八七四年）の私たちの教科書や講義について述べておきましょう。私たちの教育活動はすべて、毎週ないし隔週に課される論文をめぐって行われており、コーチ〔家庭教師〕による補習や個人指導（supervision）はありませんでした。マーシャル氏は課題論文をとても重視していました。翌週の講義の予習になるように、彼は毎週一つの課題論文を設定していました。〔返却された〕課題論文には赤インクで長いコメントが付されていて、それは一つの素晴らしい成果物でした。時々ですが、彼は私たちに試験問題を解かせていましたが、理想的な試験問題とは、「子羊が苦労しながらも渡り切ることができ、象が泳ぐことのできる」そういった問題である、とよく仰っていました。私たちの主な講師は、シジウィック氏とマーシャル氏でした。実際には、道徳科学の教授は二名いらして、一人は、F・W・モーリスの後任でシジウィック氏の競合相手であったバークスで、もう一人は、後に郵政大臣を務められたフォーセット教授でしたが、私たちは彼らの講義には出席しませんでした。私たちはフォーセット教授に対して深い畏敬の念を持っていました。それは、私たちは、彼が若い頃にどのようにして失明したのかを聞き、彼が奥様を一度も目で見たことがないにも関わらず、彼女が熱心にリンカーン大統領について語るのを聞き、どのようにして彼女に親しみを抱いたのか、さらに盲目にも関わらず、彼がどのようにして人生を成功に導いたのかを理解していたからです。シジウィック氏は彼についてこう記しています。「これまでに聖者や賢者に関するあらゆるものを読んで参りましたが、それにもかかわらず、もし私の身体に最悪の悲劇が降りかかったのなら、私はきっと彼に倣って困難に立ち向かっていくように思います」。

Newnham College
CAMBRIDGE

This is to certify that Mary Paley
Student of Merton Hall
was informally examined by the Examiners for the Moral Sciences Tripos, 1874, and was declared by two of the Examiners to have attained the standard of the First-Class by two that of the Second.

Henry Sidgwick
Anne J. Clough } Members of Council
Marion G. Kennedy Hon. Sec.

PLATE 6
メアリー・ペイリーの成績証明

トライポスの科目には、論理学、経済学、精神哲学、道徳哲学および政治哲学がありました。論理学の先生は、今いらっしゃるヴェン博士のお父様のヴェン氏で、教科書はミルの『論理学』でした。彼はミルの四つの方法について、分かりやすく簡潔に講義を展開してくださいました。また、彼の自宅のお庭で

⑧ ケンブリッジ郊外のゴグ・マゴグの丘

育った植物をそれぞれの挿絵に用いていました。彼は素晴らしい園芸家で、エーデルワイスを育てることさえ可能でした。彼の息子のヴェン博士が私に語ってくれたところによると、彼の父親はスイスのホテルで食事をしていた時に、服のボタンの穴にエーデルワイスを挿していたそうです。それを見つけた隣の方が、そのような素敵な標本を採集できる標高まで、どのように登ったのかと尋ねるので、彼は「ケンブリッジの自宅の庭から持ってきました」と答えたそうです。トライポスが近づくにつれて、私たちは好んで乗馬をするようになり、ヴェン氏は私たちに同行してくれました。あるとき、彼が［ケンブリッジの南東部にある］ゴグ・マゴグの丘の裾野にあった荒廃した農場を指して、その農場を見るといつもリカードウの指摘した農地の「限界耕作[6]」について考えてしまう、と仰っていたことを覚えています。

シジウィック氏の担当する精神科学の講義では、ベインの著作が教科書でした。また、彼の政治哲学の講義は、彼自身の『政治学要論』（*Elements of Politics*）にもとづいて行われました。マーシャル氏はまた一八七三年から一八七四年にかけて、道徳哲学および政治哲学に関する講義を担当しておられました。この講義では、主にベンサムとミルの功利主義が扱われ、「ベンサムと禁欲主義者の対話」が課題論文に設定されたとき、メアリー・ケネディは鉄道の駅のベンチに座って語り合う二人を上手にスケッチすることから課題に取り掛かっていました。

この課題に関して、マーシャル氏は次のように説明されました。

「一般的によく用いられている用語に『功利主義』というものがあります。功利主義的な考察とは、倫理的な考察とは全く相反するもの、あるいはどんな事情があるにせよ、倫理的な考察からは区別されるものです。私は『功利主義の哲学』という表現の使用が、全くもって平凡で中身がなく、取り立てて議論する価値がないという点を論証しようとしたことがあります。すなわち、倫理的な幸福とは、合理的な功利主義体系が私たちに幸福を増大させるように促すような幸福の一部分であるだけでなく、私はそれこそが幸福の最も重要な要素であるという点を主張したのです」。彼はまた、ベンサムが経済学以外のどんな専門家よりも経済学に大きな影響を及ぼしており、強調すべき彼の貢献が測定にあることを指摘しました。「測定の手段を見つけることができれば、それは論争する際の根拠となり、そうであるからこそ、進歩の手段にもなるのです」と。後に、彼はハーバート・スペンサーの『社会静学』（*Social Statics*）や『第一原理』（*First Principles*）について講義を行い、カントやバトラーの説教についても紹介され、トーマス・ケンピスや『フロス河の水車場』（*The Mill on the Floss*）については、熱意を込めて説明をしてくださいました（この時期、ジョージ・エリオットの名声は最高潮に達しており、『ミドルマーチ』（*Middlemarch*）は五シリングの新聞紙上で連載されていました）。**【これらの講義では、彼は例えば、ダンス、結婚、ギャンブル、密輸などの多くの実際的な問題について意見を述べていました】**。彼は「人生とは目的を慎重に選択し、その目的に向かって努力することを意味しています。そして、人々は自らが必要とする喜びを得られるように、日々、真面目に努力を重ねることに注意を払うべきで、興奮によってより繊細な音色をかき消してしまうようなことがあれば、そのやり方は間違っています。緊張の緩和は、私たちに優美な調和を理解させる偉大な力を与えると考えられていますが、それとは逆の効果も持っているのです」と述べていたように思います。

結婚に関しては次のように仰いました。「結婚生活の理想とは、夫と妻がお互いのために生きることだとしばしば言われますが、このことが、夫婦がお互いの満足のためだけに生きるべきであるということを意味するならば、それは極めて不道徳なことであるように私には思われるのです。夫と妻は、お互いのためにではなく、何らかの目

PLATE 7
ニューナム・カレッジの第二の物件「マートン・ホール」
(1872–1874)
クラフ女史と学生集団で，中央列の一番左に座っている人物がメアリー・ペイリー

的のために手を取り合って生きていくべきなのです」。彼はギャンブルの前途について心配しておられ、ギャンブルがお酒による酩酊状態よりもさらに深刻で不道徳なものに違いないと考えていました。彼にとって密輸も嫌悪の対象でした。「密輸は大変由々しき性質の犯罪です。教会で酔っ払うことは路上で酔っ払うことよりも非難されているように、密輸は日常の窃盗なんかよりもはるかに悪いものです。と言いますのも、それが国家に対する敬虔な感情を侮辱するものだからです」。およそ同じ頃、彼は女子学生を対象にして、評判の良い六つの講義を開講していました。それらの講義は大教室で行われ、彼は正しい支出と誤った支出について、とりわけ時間に関する消費と浪費について多くを述べていました。

彼は偉大なる説教者だったのです。

しかしながら、マーシャルが私たちに対して行った講義のうち、経済学こそ、その主要科目でした。当時、経済

学の文献はほとんどありませんでした。英国政府・議会の報告書や経済雑誌はなく、教科書もごくわずかでした。講義ではミルを中心にして、その背景として、アダム・スミス、リカードウ、そしてマルサスが扱われました。ハーンの『富の科学』[7]（*Plutology*）が初学者向けの良い本だと考えられていました。その後、ジェヴォンズの『科学の諸原理』（*Principles*）、ケアンズの『主要原理』（*Leading Principles*）、そしてウォーカーの『賃金理論』（*Wages*）について勉強しました。理論に関する講義では、『経済学原理』（*Principles*）の巻末にある歴史に関する付録の内容に沿って、経済学史、ヘーゲルの歴史哲学、そして一三五〇年から現在までの経済史を踏まえて議論がなされました。彼は最初の三〇分を理論に、残りの三〇分を歴史に費やす、というように講義を行いました。彼は経済史に特に大きな関心を抱いていました。一八七五年には、彼は「レッドブック」と名付けた本を編集していました。その本は大部の著作でしたが、任意の年にピンを指すと、その針穴によって、当該の年に哲学、芸術、科学、産業、交易などに関してどのような出来事があったのかが分かるように工夫が凝らされていました。

PLATE 8
初期のニューナムの学生たちの集まり　マートン・ホールにて
立っている人たち（左から右）：エイミー・ブリー，キャリー・ブリー，フェリシア・ラーナー，エディス・クレイク，ケイト・ヴォーキンス，座っている人たち（左から右）：イザベラ・ボールトン，レッティー・マーティン，イザベラ・オーア，ミニー・ヘンズレイ，ヘレン・サリヴァン，メアリー・ペイリー，エマ・ブルック

トライポスの受験を終えた後、私は数カ月間を故郷で過ごしていました。スタムフォードでは、短期の初学者向けの授業を受け持っていました。この経験があったからだと思われますが、シジウィック氏は、マーシャル氏の担当していた女子学生向けの講義を私が引き継ぎ、ニューナムのオールド・ホールに来ないかと提案してくださいました。[8] オールド・ホールはクラフ女史の多大な尽力のおかげで一八七五年に開かれ、およそ二〇名の学生を抱えていました。初期の学生には、「ニューナムの詩人」と言われていたキャサリン・ブラッドリー（マイケル・フィールドという彼女の姪っ子とともによく知られていました）、アリス・ガードナー、メアリー・マーティン（ジェームズ・ウォード夫人）、エレン・クロフツ（フランシス・ダーウィン夫人）、メリーフィールド女史（ヴァーラル夫人）、そしてジェイン・ハリソンがいました。私は唯一の講師でしたから、クラフ女史の尽力を目の当たりにしました。私たちは親しくなり、長きにわたって良き友人同士でした。また、私は彼女の高潔な性格に対して、真に正しく評価ができるようになりました。この頃はラファエロ前派が流行していたので、私たちは部屋にウィリアム・モリスの壁紙を貼り、バーン・ジョーンズの写真を購入して、それに合わせて部屋の飾り付けをしました。私たちは芝生の上でのテニスを楽しみ、ジェイン・ハリソンは、そんな私たちのためにテニス用の服に刺繍する図案を作成してくれました。クラフ女史のものはザクロ色で、私のものはヴァージニア・クリーパーという色で、私たちは夕方に一緒に座ってそれらの縫い物をしながら、おしゃべりを楽しんでいました。私は一人の少女としてジェインのことを存じておりましたが、彼女はその頃から「イングランドで最も聡明な女性」と言われていました。最終的に、彼女は古典学トライポスを受験したのですが、マーシャル氏は彼女に道徳科学を専攻するように熱心に説得していました。そのときから、彼女は彼のことを「ラクダ」と呼んでいました。というのも、馬がラクダを一目でも見ると身震いするように、彼女もまた彼を一瞥するだけで身震いしていたからだそうです。一緒に縫い物をしていたある日、彼女は私の服に白のフリルを綺麗に縫い付けてくれました。彼女は自分がそのように綺麗に縫ったことで、私がアルフレッドと婚約することになったのだとよく言っていました。

ニューナム・ホールが設立されて最初のミカエルマス・ターム〔秋学期〕に、かのバルフォア女史が訪問客として滞在することになり、すべての行事に参加されました。後に彼女とシジウィック氏は婚約しました。メアリー・ケネディと私は、本当によくしてくださったシジウィック氏を慕っていたので、結婚式には必ず行くと決めていました。結婚式の前日、私たちは〔ロンドンにある〕ピカデリーのセント・ジェームズ教会の近くにあったホテルに宿泊しました。結婚式では儀礼や興味深い人々を観察し、友人たちと握手を交わしながら回廊を歩く、アイボリー色のドレスに身を包んだシジウィック夫人を見ることができました。ところが、私の父は何らかの恐怖に襲われたようで、お目付役として弟――一四歳の少年でした――を急いで私のもとへ送り込んだのです（けれども、メアリー・ケネディは彼の二倍の年齢でしたし、私は講師というだけでなくニューナム・ホールから派遣された付添人でもあったのです）。このようなとっぴな行動をしてしまった後、しばらくの間、私は実家では面目を失ってしまいましたが、私たちはそれをやり遂げたことをいつも喜んでいました。

⑨ ニューナム・カレッジのカレッジ・ホール

おそらくこの時期のことですが、シジウィック氏は、詩に関する講義を三つ担当されていました。彼は、私たちの何人かが詩を小馬鹿していることを耳にしたことがあったようで、私たちの態度を改めさせようと固く決意されたようです。彼は日常会話では口籠もることがあっても、詩や散文を朗唱する際に言いよどむことはありませんでした。数編のブラウニング氏のソネット〔一四行詩〕を除いて、私は彼がどのような詩を朗唱していたかを思い出すことはできませんが、彼は［ジョージ・エリオットの著作『フロス河の水車場』の］マギーとトム・タリヴァーの最後の場面で講義を締め括りました。その最後の場面に私たちの何人かが涙を流したこともあり、彼は満足していたように思います。

クラフ女史が亡くなった後、シジウィック夫人がニューナムの学寮長に就任し、彼女とシジウィック博士はカレッジで生活することになりました。彼は学生たちと接したり、ニューナム・ホールの成長――もちろん、それは彼の多大な尽力があってこそでしたが――を見たりすることがどれほど幸せなことであるのかを、よく話してくださいました。アルバート・ダイシーは、かつてこう述べたことがあります。シジウィックが成した最も聡明な二つの物事は、(1)クラフ女史をスカウトし、(2)シジウィック夫人を見出したことである、と。彼女たちが初代と二代目の学寮長であったからこそ、ニューナムができあがったのでした。

訳注

（1）一九八五年以降、英国ケンブリッジのリージェント通り七四番地では、リージェント・ホテル（Regent Hotel）が営業を展開している。同ホテルのホームページには、本書からも文章を引用するかたちでホテルの沿革が記されている。Regent Hotel (https://www.regenthotel.co.uk/history).

（2）ケンブリッジ大学図書館では二〇一九年一〇月から二〇二〇年三月にかけて、展示会 *The Rising Tide: Women at Cambridge* が催されており、その展示物の一つに、エラ・ブリーの図書館利用許可証があった。そこに添えられた解説によれば、女性が図書館の利用を希望する際は、事前に申請して許可を得なければならなかったうえ、許可が得られた場合でも、図書館には午前一〇時から午後二時までの四時間しか滞在できなかったようである。また、このような図書館の利用条件に関する性別間の格差は半世紀以上も続いたのであり、最終的に女性が男性と同等の図書館を利用する権利を得たのは一九二三年のことであったという。

（3）ジョン・スチュアート・ミルの『論理学体系』（一八四三年）のことである。以下、本文中のミルという人名はＪ・Ｓ・ミルを指す。その他、原著に従い、多くの場合に書名には略称が用いられている。

（4）　このアルバムは、現在もセント・ジョンズ・カレッジ図書館で保管されている。枠の中にあるべき肖像写真が失われているものもあるが、この記述のとおり、たくさんの学者たちの名前と写真が丁寧に収められている。

（5）　ケネディ教授によるこの詩は、原典のほかに、一九四四年発行の *Economic Journal* 誌所収のメアリー・ペイリー・マーシャルの追悼論文、および『ケインズ全集』（第一〇巻）のメアリー伝に掲載されている。しかしながら、上記のいずれにおいても、詩の二行目に伏せ字が含まれており、適切な原語の検討がつかない。そのため、ここでは『ケインズ全集』（第一〇巻）の訳文をそのまま引用した［Keynes 1972＝2010：237］。

（6）　デイヴィッド・リカードウ（一七七二―一八二三）は、*Principles of Political Economy, and Taxation*（一八一七年）において、地代が発生するメカニズムを「差額地代論」という学説によって説明している。例えば、痩せた土地（劣等地）を耕作することによって地代の上昇が引き起こされている、といった指摘がある。このようなリカードウの地代に関する議論を踏まえて、ヴェン氏は最も痩せた土地（最劣等地）以上の荒廃地における耕作を「限界耕作」と表現したのだろう。

（7）　ジェヴォンズは一八七一年に『経済学の理論』を出版し、その翌年にはアルフレッドが同書に対する書評をアカデミー誌に発表している。つまり、アルフレッドは同書を十分に検討していたにもかかわらず、一八七四年に出版されたばかりのジェヴォンズの『科学の諸原理』を女子学生向けの講義で扱ったのである。アルフレッドの経済学教育について考える際、これらの事実は大変興味深いものであろう。

（8）　この用件について書き記された、シジウィックからメアリー・ペイリーに宛てた手紙（一八七五年五月二八日付）は、ケンブリッジ大学のニューナム・カレッジ図書館で保管されている。

3 ブリストル、方法、手段（一八七七―一八八二年）

一八七六年の五月に、アルフレッドと私は婚約しました。クラフ女史はひどく驚いたふりをされましたが、私は彼女がとても喜んでくださったと確信していますし、心のなかでは彼女こそが仲人だったと考えています。一〇月に私がニューナムに復帰したとき、彼女はリビングを提供してくださり、私とアルフレッドはそこで『産業経済学』（*Economic of Industry*）の最初のアウトラインを作成しました。この本は、スチュアート教授が公開講座用の教科書として必要とされていたもので、私は大いにやる気を抱きながら執筆作業に取り組みました。**一八七九年にアルフレッドと私の連名でその本が出版されました。アルフレッドはこの本が私たちの共著であることを主張していましたが、時間が経つに連れて、私はこの本が実際には彼の著作でなければならないと考えるようになりました。特に、後半部分はそのほとんどが彼の執筆したものでしたし、後に『原理』で表明された議論の萌芽的なアイデアがいくつも含まれていました。**[1]**「短くて単純なドグマはいずれも不正確である」という彼の信条に反するという理由で、彼がこの小著を気に入ることはありませんでした。さらに彼は「半クラウンで真実を語るわけにはいかない」とも述べていました。**

一八七六年の八月、父が私たちをスイスに連れて行ってくださり、弟とアルフレッドと私はモンテ・ローザ山に登ったのですが、それが私にとって最初で最後の登山でした。アルフレッドは熱狂的な登山者でした。彼はいつも案内人なしで山に登っていましたので、時には道に迷って、その晩を野外で過ごすこともありました。さらに、彼はたった一名の案内人とともにグロス・グロックナー山〔標高三七九八メートル、オーストリアにおける最高峰〕に登った最初の人物でした。ところが、彼はさっさと登山をやめる決心をしたのです。

スイスから戻ると、私たちは収入を得るための方策について真剣に考え始めました。〔結婚によって〕アルフレッドはカレッジのフェローとしての職を辞さねばなりませんでしたが、彼はケンブリッジ大学への進学に際して叔父様から借金をしていましたし、彼には貯金があったとはいえ十分ではありませんでした。また、私の方は、年に一五〇ポンドの給与をいただいておりましたが、物価の低かった当時でさえ、生活していくには十分ではありませんでした。私たちはある計画について真剣に相談していまして、それは全寮制学校の教員になるというものでした。ところが、ちょうどそのとき、年七〇〇ポンドの俸給でブリストルのユニヴァーシティ・カレッジの学長職の公募があり、熟考を重ねた末に、アルフレッドは応募することを決意しました。難しい決断を迫られた際、彼はいつも紙にメリットとデメリットを書き出して、相対的な重要性にしたがってそれらに点数をつけていました。私たちは、ブリストルでの管理職としての業務がアルフレッドの執筆を妨げてしまうのではないかということを恐れていましたが、結局そうなってしまいました。他方、彼は〔学長として〕相応しい生き方とはどのようなものかを思案するだけで疲れていましたが、最終的にメリットがデメリットを上回ったのです。そうして、一八七七年の七月、私たちは村の教会でひそかに結婚式を挙げました。母が私をアルフレッドに引き渡し、父が聖書を読み上げてくださいました。〔聖書の〕従順に関する項目を省くことに父が同意しないだろうと思いましたが、私たちはその項目を除くかたちで婚姻の契約を交わしたのでした〔式の参列者は、アルフレッドの両親と二人の妹、そして私の弟と妹だけでした。私は白いドレスで結婚しましたが、顔をヴェイルで覆うことなく、髪にはジャスミンのみをつけました。そして、私は花嫁に見られないようにと、キャンブリック生地のドレスを着て、古い茶色い帽子をかぶって教会の外に出たのです〔マーシャル夫人が自伝を書くために用いていた原稿ノートからの抜粋]」。

結婚してからの最初の一年間、アルフレッドはとても健康的でした。私たちは長時間の散歩をしたり、裏庭でテニスをしたりしました。さらに彼は午前中を大学で過ごし、『産業経済学』の執筆にも取り組むことができました。われわれは数えきれないほどの招待を受けましたし、クリフトンの人々の間では、少なくとも学期に一度は［自宅に］お招きするとのことでしたから、私もたくさんの方々をお誘いしました。また、私たちは知り合いを誘っていただけでなく、たくさんの真の友人にも恵まれました。その中には、エリオット学部長とご令嬢、パーシヴァルご夫妻（後にウィルソンご夫妻）、ディキンズご夫妻、エイリーン女史、フライご夫妻、ピースご夫妻、ドロミテの登山家Ｆ・Ｆ・タケットさん、そして、ベドー博士がいらっしゃいました。今でも何名かの方々とは交友関係が続いており、それまでと変わらず大切な友人です。このようにして、

⑩ 1875年頃のブリストルの港

結婚一年目は社交のためにとても忙しくしておりましたが、私が大学の業務をお手伝いするなかでも、特に女性たちに対しても教育を等しく提供する取り組みは初めてのことでしたから、私たち二人の心配の種でした。そして二年目のことですが、私は受講生のほとんどが女子学生で構成されたクラスで、午前中に経済学の授業を行うことが認められ、さらに女子学生たちの個人指導も担当することになりました。ところで、アルフレッドは学長業務の権限を委任されている間、給与の全額を受け取らず、年一〇〇ポンドを放棄することを主張しました。彼はまた、社会人、労働組合の方々、そして少数の女性たちが出席する夜間講義を続けました。彼ら・彼女らはケンブリッジの夜間講義の出席者たちに比べるとそれほどアカデミックであったというわけではありませんでしたが、あらゆる

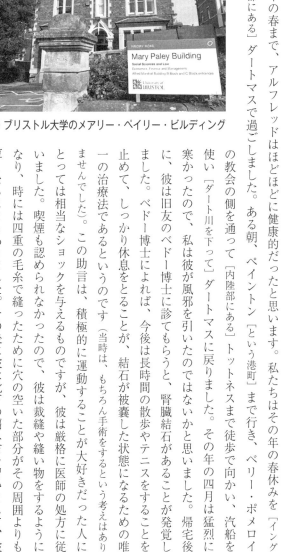

テーマに関する興味深い、副次的な情報を添えることで、厳密な推論と実践的な諸問題を組み合わせた講義が展開されました。後にジェッブ夫人がお話をしてくださいましたが、彼女は「夕食後に相応しい話題」が提供されるという理由から、アルフレッドの講義に出席していました。講義にはたくさんのジョークが仕込まれていました。講義に出席していたハーバード・グランディという学生は、即座にジョークを理解できなかったようで、数分後に聞こえてくる雷鳴のように〔少し遅れて〕馬鹿笑いをしていました。

一八七九年の春まで、アルフレッドはほどほどに健康的だったと思います。私たちはその年の春休みを〔イングランドの南西部にある〕ダートマスで過ごしました。ある朝、ペイントン〔という港町〕まで行き、ベリー・ポメロイの教会の側を通って〔内陸部にある〕トットネスまで徒歩で向かい、汽船を使い〔ダート川を下って〕ダートマスに戻りました。その年の四月は猛烈に寒かったので、私は彼が風邪を引いたのではないかと思いました。帰宅後に、彼は旧友のベドー博士に診てもらうと、腎臓結石があることが発覚しました。ベドー博士によれば、今後は長時間の散歩やテニスをすることを止めて、しっかり休息をとることが、結石が被嚢した状態になるための唯一の治療法であるというのです（当時は、もちろん手術をするという考えはありませんでした）。この助言は、積極的に運動することが大好きだった人にとっては相当なショックを与えるものですが、彼は厳格に医師の処方に従いました。喫煙も認められなかったので、彼は裁縫や縫い物をするようになり、時には四重の毛糸で縫ったために穴の空いた部分がその周囲よりも厚くなることもありました。その後に彼は靴下の編み方を習いまして、彼

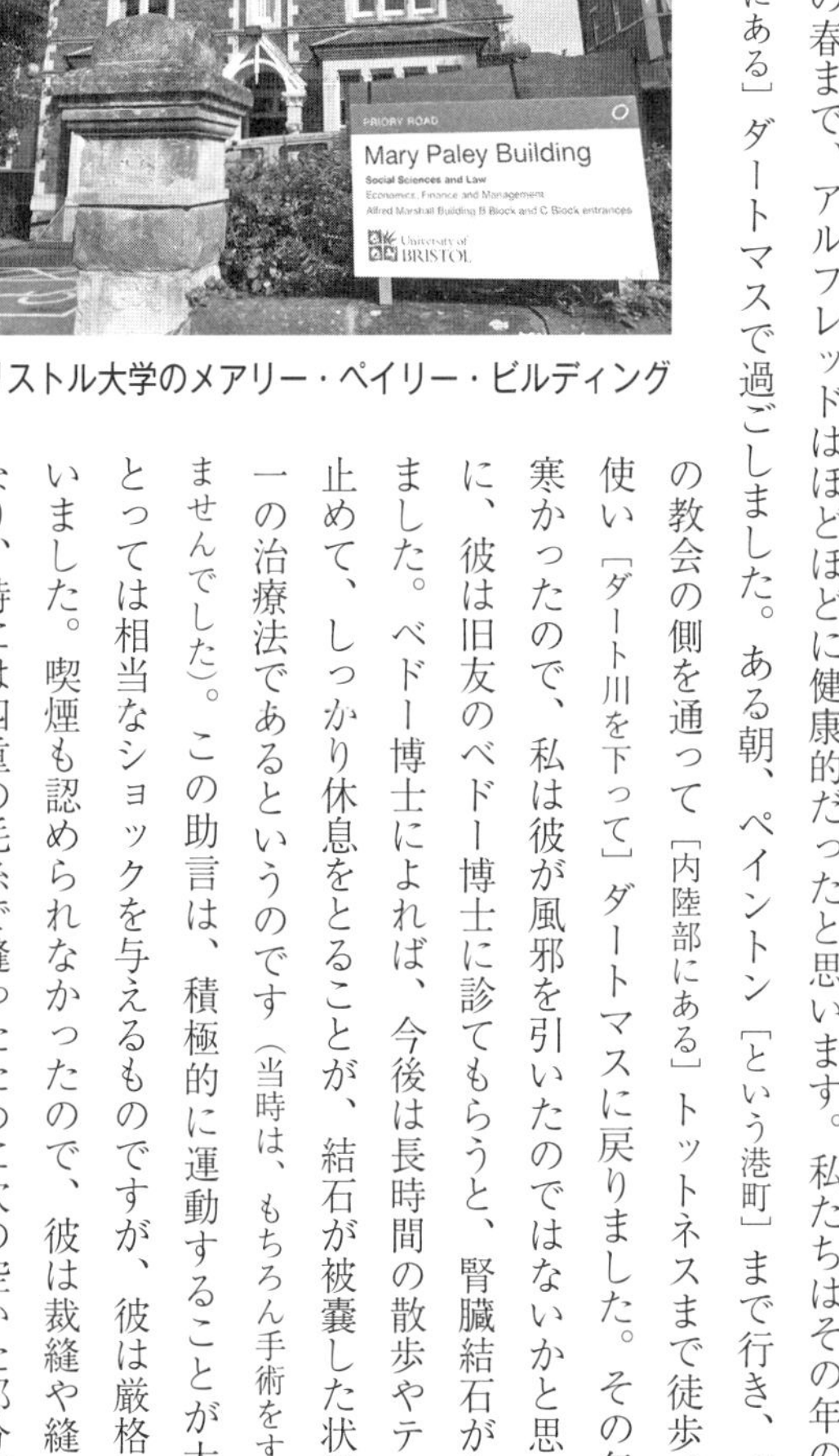

⑪ ブリストル大学のメアリー・ペイリー・ビルディング

の作る靴下は私がこれまでに履いたことがないほど上等なものでした。かかと部分を丈夫にするために小さな針と二重の毛糸が使われていましたし、足首よりも上の部分は完璧な仕上りでした。神経に関わる問題を引き起こすかもしれないことを心配したアンドリュー・クラーク卿が禁止するまで、編み物はアルフレッドにとって大きな癒しになっていました。彼はまた私が運動をしたいのに我慢しているのではないかと大変心配してくれました。当時クリフトン・カレッジの校長を務めていたJ・M・ウィルソンをしばしば仲間に入れて、私は裏庭でのテニスを続けました。アルフレッドはわれわれの試合をよく観戦していましたし、試合が終わった後には紅茶を存分に楽しんでいました。彼は常に明るく振る舞い、不都合な仕事にも最善を尽くしていましたが、病人としてしばらく過ごさねばならなくなったことを知るや否や、学長としての職位を放棄する決意をしたのです。安静にしていることが唯一の治療法だと考えられていましたが、新設大学の学長が安静にしていることなどできませんでした。それから、学長職の重要な業務の一つに、近隣の小さな工業都市で講義を行うというものがありましたが、それは出張することを意味していました。当時、大学の財政状況は極めて乏しいもので、大学のモットーとして「ナレッジ・イズ・パワー」（知は力なり）が提唱された際には、誰かが「カレッジ・イズ・プア」（大学は貧しいなり）という的を射た指摘をしていました。また、資金集めは骨の折れる仕事でした。ブリストルは裕福な都市でしたが、［急速な経済発展を遂げて］突如として裕福になり、過剰に支出を行うような［イングランド］北部の街とは異なっていました。ブリストルには、幾世代にもわたってどのようにすれば自らの財産が潤沢な利益に転換するのかを熟知している富裕層が集まっていました。しかし、彼らには教育のために多額の寄付を用意するほどの余裕はほとんどありませんでした。私たちは一八八一年まで当地に居続けましたが、就任して間もない段階での学長職の交代は道義に反するようなことでした。同年、レッツ教授の退職によって空席だった化学の教授職にウィリアム・ラムゼイが選出されました。あまり時間を経たずして、アルフレッドは私にこう語りました。「私の後任が見つかったので、今なら辞職できる」

と。ラムゼイは確かに素晴らしい方で、大学の仕事をこなしていくには十分に健康的でした。そして、おそらく当時のブリストルにとって彼の研究は最も大切なものと考えられていましたから、彼自身の研究を犠牲にする必要もありませんでした。

こうして、ブリストルや当地の多くの友人たちに対する愛情もありましたが、［アルフレッドの健康状態の回復に］必要とされる十分な休日や休息のために出かけられることになり安心したのでした。私たちは、［シチリア島北部の町］パレルモに逗留することにしました。当地の温かくて水がきれいだということ以外に特に理由はありませんでしたが、その選択は申し分なく大正解でした。ギラギラ光る太陽の下、イタリア式の小さなホテルの屋上で、何の制約もなく休むことのできた五カ月は、その後数年かけて彼は体調を取り戻していくのですが、その治癒の土台になりました。［一八八二年の］二月を迎えるまでに彼は以前よりも健康になり、私たちはナポリ、カプリ、ローマ、フローレンス、ヴェニス、そしてバイエルンのアルプスを経由するという帰国の旅を楽しむことができました。こうして、その年の最後の休日に、私たちはクリフトンの自宅に戻りました。

もしかすると、どうしてそのような休暇を楽しむ余裕をもつことができたのか、と不思議に思われるかもしれませんので、私たちの金銭事情について少しお話しておきましょう。赴任当初、私たちの生活には浮き沈みがありましたが、そのことが私たちの幸せに影響を及ぼすことはほとんどありませんでした。初めはかなり慎重に家計を維持していくことを考えていましたが、支出［がどの程度になるのか］の「感触」を得た後には、そのような姿勢はもはや必要ないように思われました。アルフレッドはお金のことで一切煩わされたくないと考えていました。われわれは共通の銀行口座を持っていましたが、私が日々の生活のためのお金を引き出しても、彼が小切手を使うことはめったにありませんでした。とはいえ、彼は常に物価には大きな関心をもっていましたし、かつてセント・ジョンズ・カレッジの会計を担当していたこともあって、家計のやりくりについては私よりもよく理解していました。彼は特に家具について、どこが素晴らしいのかを見抜く審美眼を持っていました。彼はカレッジに住んでいる間、ジョリー夫妻の家から家具をもらってきては、少しずつ自分の部屋に家具を設置していったのです。一八七〇年代のことですが、当時、その夫妻はチッペンデール製の椅子を壊して薪にしていました。アルフレッドはそれらが良いものであることを知っていましたが、買い取ろうとする人もいませんでしたし、彼もそれらを置くための場所を確保することができませんでした。

すでにお話しましたように、アルフレッドがブリストルのユニヴァーシティ・カレッジの学長職に選出されるや否や、私たちは結婚をしました。学長職の給与は年七〇〇ポンドでした。年一五〇ポンドの私の給与と足し合わせると、物価の低かった当時においては破格の収入でした。私たちは、その資金を一二〇〇ポンドの価格が付けられたクリフトンのお家に投資することにしました。さらに二名の使用人を雇うことにして、年齢の高かった農家の娘には二〇ポンド、もう一人の労働者階級の娘には一二ポンドを支払いました。時々のことですが、特に理事会が開かれた後には、［自宅で］一二名ほどの方々と夕食会を開きました。近所の八百屋さんは私たちが買いに来るのを待っていてくださり、料理はシンプルなものでしたし費用もかかりませんでした。［アルフレッドが］学長職を務めていた五年間、私たちは年に二〇〇ポンドほどをなんとか捻出して、夏になると二カ月間の休暇を取得しました。また、海外で過ごした一年間、私たちは自前の資金で生活していましたが、ほぼ正確に三〇〇ポンドが必要でした。家具付きの家を借りるのに一五〇ポンドを費やし、残りは貯金でやりくりしました。シチリア島で過ごした五カ月間、私たちは安いイタリア式のホテルの最上階に住んでいまして、その部屋は屋根につながっていました。ヴェニスでは週に数リラが必要でした。私たちはジュデッカ（Giudecca）にある素敵な古い宮殿に宿泊しましたが、そこでは朝食が付いていました。朝食以外の食事はトラットリア［庶民向きの小さなレストラン］でとり、一人あたり一リラでした。私たちはお金に困ることは一度もなく、ヴェニスで過ごした一カ月間は徒歩での移動を避け、一日五リラでゴンドラと船頭をお願いしました。一年間の海外生活を終えた後、すぐに私たちはオックスフォードに移ることになりました。私たちの総所得は、ベリオル・カレッジでの［アルフレッドの］講師職の給与が年二〇〇ポンド、政治経済学の論文指導のクラスを担当していた私の給与が年五〇ポンド、さらに私たちの資産の一五〇ポンドを合計すると、年四〇〇ポンドでした。もちろん物価が低い時代でしたし、私たちは生活に必要な金額と同じ程度の所得を得ていたように思います。私たちは小さな晩餐会を開き、自宅を親族に貸すことにして、長期休暇をキャナル諸島で過ごしました。一八八五年に年七〇〇ポンドのケンブリッジ大学の教授職に就いた際、私たちはお金持ちになったような気持ちになり、すぐにベリオル・クロフト（Balliol Croft）を建てる計画を立てました。ある時には、年に八〇ポンド以上を書籍の購入費として使い、長期休暇には海外へ出かけることもできるようになりました。一九〇八年に、アルフレッドは『経済学原理』からかなりの収入を得ており、さらに私も両親から遺産を引き継いだので、彼は教授職を辞めることが可能となり、さらに多くの時間を執筆に費やすことができるようになりました。

訳注

（1）J.K. Whitaker の *The Early Economic Writings of Alfred Marshall*（1975, vol.1）によれば、『産業経済学』に関して、「文章表現への助言や下書きの補助的な作業を除き、マーシャル夫人が最初と最後の章以外の部分に対して多大な貢献したというようなことはあり得ないように思う」と指摘されており、メアリーが実際に執筆した部分は、第一編「土地、労働および資本」の第一章から第五章と、第三編「市場価値」の第七章および第九章であるという。

4 パレルモの屋根にて[1]

わたしたちは五カ月間をパレルモで、それも屋根の上で過ごしました。私は何か楽しいことがしたいと思うときは、いつでも自分があの屋根に上っているところを想像するようにしています。それは小さなイタリア式のホテル「オリーヴァ」の屋根で、もちろん平らになっていて、色付きのタイルが敷き詰められていました。屋根の上では、アルフレッドは終日アメリカ製の椅子に座っていました。天幕のような日よけが取り付けられた移動式の湯船のなかにその椅子が置かれていまして、彼はそこで『原理』の前半の諸章を執筆しました。ある日、彼が屋根から降りてきて「需要の弾力性[2]」の概念を今まさにどうやって思いついたのかを話してくださいました。

その屋根からは、パレルモの市街地全体を含む平野や、内陸に向かって数マイルも広がる金色の貝殻模様をしたオレンジやレモンの果樹園、そして両側を海に挟まれ、変化に富んだ形状の半円形をした山々を眺めることができました。ある山の形状はビザンティン帝国を想像させるような、とても素晴らしいものでした。かつてビザンティン帝国の人々は、その山が当地を象徴するものとみなしていましたが、実はイタリアの各地でモザイク状に再現される山々を見ることができます。ひょっとすると、その地形がノアの箱舟の休憩場所にするのにちょうどよかったというのが、その理由かもしれません。すっきりした秋の日々のなかで、一二〇マイルほど離れたところにあるエトナ山は、より手前に位置する山々の尾根の鞍部からひょっこり顔を出すように見ることができ、夕暮れ時には山頂の雪がピンク色に染まっていました。また、七〇マイルほど離れた沖合には、水平線上に淡くきれいに浮かび上がるリパリ諸島がありました。海は通常はとても穏やかでしたから、緑、青、紫の色をした海面は雲のかたちに切り取られていました。その島の山はまったく木々に覆われていなかったので、その美しさは形状や色によって決まりました。かつて、それらの山々は土壌にしっかりと根を張る木々に覆われており、雨期でも山の斜面の地滑りによって激しい土石流が引き起こされるのを防いでいました。少数の個々人の短視眼的な利益のために将来の幸福をこのように犠牲にしたことが、かつてローマの穀倉地帯だったシチリアが今では大変貧しい状態にある主な理由の一つなのです。われわれが一〇月に到着したときには、およそ八カ月も雨がほとんど降らない状態が続いていたようで、山々も主に灰色や黄色をしていました。しかし、一一月の初め頃に冬の最初の雨がやってきたので、徐々に灰色だった山々の色も緑に変わっていきました。

晴天の日々が続いておりましたが、時々シロッコという状態がやってきて、まったくもって不愉快な天候に変化することがありました。シロッコとはサハラ砂漠を越えてやってくる風のことで、砂漠の赤い砂を伴ったものです。シチリア島を通過していくその風のせいで、パレルモは乾燥した状態になり、山や空は悪魔か何やら気持ち悪いものに襲われてしまったかのようになり、人々の心身に対しても、かなりつらい影響を及ぼしました。朝になって目を覚ますと、あなたはただちにそれがやってきたことが分かるでしょうし、何かをする気力が湧いてこないどころか、気が短くなっていることも感じるはずです。それが過ぎ去るまでの生活は重苦しいものでした。活力が損なわれるだけでなく、精神にも特異な影響を及ぼしました。新聞の内容を理解しながら読むことさえできませんでした。そのような状況では小説が最も適していました。あるイタリア人の教授は、シロッコが続いている間、しばしば自らの表現力が失われてしまい、回りくどい表現を使わねばならなくなると仰っていました。一例を挙げると、椅子が欲しい場合には「座るためのもの」と尋ねなければならなかったようです。そのため、シロッコの時期には、彼の講義室はガランとしていたようです。しかし、シロッコは頻繁にやってくるわけでなく、一時的な害悪であって、黄色い空を背景にして、その輪郭を描き出すようにそびえ立つ青黒い山々に沈んでいく夕日には、いつも感動させられました。また、黄色い崖をもつペレグリーノ山は色彩を帯びて眩しく輝き、左右いっぱいに伸びた尾根を投影した横長の紫色の影が山それ自体に写り、殊更に美しく見えました。ところが、この熱帯性の気候では、まさに日が沈む時間帯に危険が潜んでいたのです。というのも、気温が突如として変化し、新聞や床のラグが水浸しになるほどのひどい結露が発生して、肌寒さがマラリア性の霧に混ざってやってくるので、熱病を引き起こす傾向があったのです。私も滞在期間の後半に、恐れていたマラリア性の発熱に襲われたのですが、それは日没によってもたらされたものに違いありませんでした。

屋根の上からは、パレルモの街に魅力をもたらすことに一役を買っていた袋小路を見下ろすことができましたし、その袋小路は昔からの共同住宅とともに、パレルモが約二〇万人もの住人を抱える街であることを分からせないようにしていました。**小さな袋小路でしたが、パレルモの街のほとんどがその袋小路で形成されていたのです。その小道の壁に施された格子状のものには、たくさんのブドウの実がなった蔓が這っていましたし、レモンの木やオレンジの木もあり、たくさんの花が咲いていました。周りの住宅には色とりどりのタイルの敷かれたバルコニーがあり、そこには特にクリスマスの時期が近づくと七面鳥が飼われ、鳩たちも人目を忍んで暮らしていました。**もちろん煤煙などはなく、絶えず日が差し込んでいましたので、私たちの住んでいた大きな街［イギリスのケンブリッジ］では決してできなかったことが当地では可能だったのです。また、英国式の庭園は、シチリア式の中庭から何かしらのヒントが得られるのではないかとも思われました。南の空や日の光によってすべての事物を美しくする方法は見事でした。それは古いモザイク画の素晴らしい遠景のように、イギリスの曇った空の下ではみすぼらしく安っぽく見える色彩に調和をもたらし、美しく仕上げていました。シチリアでは、黄色い荷馬車や人々の頭のうえで結ばれていた赤いハンカチ、桃色に塗られた家屋、明るい色のタイル、通路を横切るように乾かしてあった色のついた衣服や布切れでさえ、すべてが［シチリアという街の美しさに］一定の効果を及ぼしているように見えました。さらに言えば、そのような眩しい光は、なるほど灰色ではなく、濃い紫色や青色をした深みのある影を作り、諸々の建造物は概して影を作り出すための配置がなされていたのです。

オリヴァ広場では、たくさんの人々が行き交い、パレルモの人々や彼らが生活時間のほとんどを過ごす荷馬車を見ることができました。初めてこの地に到着して、彫刻が施され、明るくペイントされた派手な荷馬車を目にしたとき、私たちはそれが実際に使用されているものとは思えませんでした。しかし、九割方の荷馬車がこのように装飾されていたのです。床は黄色く塗られており、壁には歴史もしくは聖人たちの生涯に由来するシーンが描かれていました。荷馬車のラバやポニーにも［荷馬車の装飾に］相応しくなるように塗料が塗られていました。シチリアの方々は飾ることに関して独特な愛着を持っていたようで、自分の馬車をおしゃれに仕立て上げるためなら、わずかな財産をも費やしていたように思います。ところが同時に、動物たちは残酷に扱われ、粗末な食べ物が与えられていました。鞭と突き棒、動物に馬車を引かせる速度、動物たちが引かねばならない重量、そして動物たちの置かれた悲惨な状況は、イタリアのどの地区と比べても劣悪でした。多くの人々が荷馬車に自分たちの荷物をなんとかして押し込もうとするやり方に驚きましたが、シチリアでは貧しい人も裕福な人も馬車を操っていることが不思議でした。そのため、たとえ［そのような荷馬車を使用する状況を］避けることができたとしても、徒歩で移動するシチリア人はいませんでしたし、その類の客車はイタリアのどのような街よりも安価でした。パレルモでは、街中での運賃は六〇センチームでした。ナポリでは七〇センチーム、ローマでは八〇センチーム、フローレンスでは一リラといった具合です。

全体的に見ると、ナポリでの運賃が最も安かったように思います。といっても、乗降の間隔がとても広く、ひどい勾配もありましたから、馬には仕事のために十分な餌が与えられなければならなかったはずです。他方で、パレルモでは、道は平たんでしたが、不十分な食料しか与えられていない動物たちがなんとか働いているような状態で、お客さんも主に地元の人々でした。荷馬車の動物たちのように、人々の栄養状態も十分ではありませんでした。イタリアやシチリアでは、貧しい方は決して太っておりません。わたしたちはイングランドとイタリアが対称的であることに気が付きました。イングランドでは、労働者の方々はおそらくジェントルマン以上に標準的な体重だと思うのですが、イタリアでは、そしてフランスにおいてさえ、イングランドと反対の状況が真実であったように思います。シチリアの貧しい人はかなり困窮していたように見えましたが、もしあのような気候でなかったとしたら、彼らの人生は大変哀れなものになっていたことでしょう。

フラットの屋根から私たちが見たことについては十分にお話をしましたが、そこから見ることができないものもたくさんありました。われわれは短期滞在者向けの宿泊施設で生活するつもりで、冬になるとパレルモに出かけたのです。ところが、イタリア語のみならず、シチリアの言葉も話せるようにならないと、そこでは到底生活していくことができないことがすぐに判明しました。［パレルモには］イギリスにあるような短期滞在者向けの宿泊施設はなく、唯一あったのがフラットでした。そのうえ、家具を購入しなければならず、使用人も雇わなければなりませんでした。フラットでの生活の仕方については、［イングランドもイタリアも］ほぼ共通していました。自らの所有する物件に住むことは大変贅沢なことでしたし、調理係や料理人を雇うことはそれと全く同じくらい稀なことでした。食事は階下の食堂から運んでもらっていましたので、実際に自炊をする必要はありませんでした。わたしたちはシチリアの言葉を話すことのできる何人かの女性と知り合いました。彼女たちはフラットでとても快適に、そして経済的に生活する工夫をしていました。彼女たちはシチリア人の使用人を雇っていましたが、使用人に任せたまま外出することは決してありませんでした。彼女たちは使用人が部屋を出入りする度に鍵の開閉をしていたのです。彼女たちは使用人に正直になってもらうことを望みましたが、他人を自宅に入れさせないという点についてはシチリア人を信頼することはできませんでした。それから、彼女たちは買い出しのための使用人も雇わねばなりませんでした。というのも、彼女たちの使用人は未婚の中年女性で、まともに買い物をするとは考えられませんでしたし、女性に対する、強固なサラセン人特有の感情もあったように思います。街の通りで誰かに出会うことはほとんどなく、上流階級の女性たちに出くわすことはまったくもって難しく、歩いているところを見かけたことさえ一度もありませんでした。ウィンドウショッピングをしたり、噂話をしながら歩いたりしていたのは、男性たちでした。イギリス人は一風変わった人として、そして特別な敬意をもって見られていましたが、依然としてイギリス人の女性は、それも頬の色が桃色であった場合には、好感がもたれているというよりも大変な注目を集めました。私が聞いたところでは、パレルモには、お金をいくらか持っていたとしても結婚に至らない男性や、あまりにも怠惰で働くことのできない男性、さらには憧れの女性に受け入れてもらえるかどうかをずるずる考えて時間を浪費しているような男性が数多くいらっしゃるようでした。労働者階級の人々はとても市民的でしたから、最も貧しいイタリア人に対してでさえ、自然に礼儀正しく接していました。彼らは異邦人に関心を持っており、例えば、私がスケッチをするために座ろうとすると、人々は椅子を差し出すためにお店から飛び出てくるのです。私がそれに腰かけると、人々は側に自分の椅子を持ってきて座り、おそらく一時間ないしは二時間ほどそこに留まろうとするのです。そのような様子ですから、人々は時間に価値を見出していなかったようです。その方たちは［異邦人の行動に］興味を示

⑫ メアリーの水彩画

すだけで、常に礼儀正しくされていたのですが、私はスケッチをすることが若干難しくなってしまいました。

私たちは大家さんに使用している部屋と日々の食料品の代金を支払い、生活を快適にする物やぜいたく品は自分たちで購入するという契約を結んでいました。このような契約をしたのは、部分的にはより良いものをより安く手に入れるべきであるという考えを私たちが持っていたためで、またいくらかは私が自分で買い物をしたかったためでもあります。市場は私のお気に入りの行楽地でした。そこには親しみのもてる場所、彩りや賑やかさといった日常とは異なる面白さのすべてが一挙に集まっていたからです。私はいつも果物を買い求めて市場を訪れていましたが、値札には価格が付されていたので、ごまかされることはほとんどありませんでした。ブドウや洋ナシは安くてとてもおいしかったのですが、オレンジとイチジクは期待外れでした。おそらくは最もおいしいオレンジは輸出されていたと思います。イチジクに至っては実を貫く枝がついており、それらは大きな塊になっていました。いくつかのお店ではそのようにもつれた状態のイチジクばかり並べられていました。それらはとても汚く見えたのですが、まさにそれがその存在理由であるかのようでした。事実、汚く見えるものはすべてそのような状態で売られていました。もし煙が常に充満しているような状態のところで、タイルの代わりに木材を床に使用するような習慣を持っていたとしたら、家屋は大変汚くなっていたでしょうし、礼拝に行くようなこともめったになかったと思います。

産業の局地化（the localisation of industry）は、特に目立っていました。ある人がフォトグラフや傘を購入したいと思ったのなら、実際にそれらの商品を扱うための区域が一つだけ存在していました。そこではいくつかのお店で同じ品目が売られているようでした。目抜き通りでは、手袋のお店、靴屋、時計屋、本屋などが一群となっているようでしたが、別のお店から数ヤード以内に立地してはならないという法律に妨げられて、薬局はその一群には含まれていませんでした。ある通りには椅子の製作所が、もう一つの通りには真鍮の工場が、というように並んでいるようでした。このような局地化された状況は、かつてのギルド〔同業組合〕にいくぶん起因するものだという話を聞いたことがあります。つまり、昔はそれぞれの業種が独自の通りと独自のギルドを持っていたようです。店舗は概してとても小さく、店主は怠惰で、お客さんを喜ばせるかどうかなど気にしていないように見えました。資金が不足していて、役に立つ道具や機械を購入できないために仕事は丁寧に行われていませんでした。例えば、良いレンズが高価だったので、垂線が傾いていないような大型のフォトグラフをめったに手に入れることはできませんでした。牛乳は大変高価でした。それはパレルモに豊かな牧草地がないからだと聞かされました。パレルモはまさにオレンジやレモンの果樹園に囲まれていて、その周囲も荒れた丘陵地でしたから、数マイル以内の良い牧草地と言えば、法外な使用料を取って貸していたペレグリーノ山の小さな牧草地しかありませんでした。しかし、なぜ貨物用の荷馬車や列車での輸送システムを使って、郊外から牛乳を仕入れなかったのでしょう。大半の人が牛乳を飲まないという理由で、お金を支払ってまで牛乳を購入しようとはせず、また油が安かったため、牛乳の代わりとして十分に供給されていました。さらに〔鉄道システムの〕組織化には電力が必要でしたが、パレルモで〔鉄道輸送を〕使用するにはあまりにも規模が小さかったために、電力に対して非常に高い料金を支払わなければなりませんでした。そういうわけで、ペレグリーノ山の放牧地は高い使用料を取り、また牛乳は高価だったので、主にレモンの硬い皮を餌にして育てられた山羊のミルクが飲まれていました。

一級品だったものが二つありました。パンとお水です。パンは、ホテルで提供される酸味のあるフレンチロールパンではなく、マカロニに使用される小麦から作られた、地元のパネ・フォルテでした。それはしっかりとした歯ごたえのある黄色い生地で作られていて、わずかな量だけでも食べごたえがあり、薄くスライスされた場合でも私たちは十分においしさを感じました。水は山からの湧き水でしたが、一定間隔で建てられたアラブ式の支柱によって水道管が繋がれていて、それを伝って街に運び込まれていたのです。

当時は盗賊が出没しましたから、徒歩で街に行くことは制限されていました。実際に、声の届く距離に武装した警察官が至るところに待機していましたから、三マイルほど離れたモンレアーレにも行くことができました。しかし、他のあらゆる方面で追いはぎに遭う可能性がありましたし、多額の身代金を支払わないのなら、さらに野蛮なことが起きるだろうというメッセージとともに、ある人の片耳が友人に送られてきたこともありました。パレルモに滞在していた間、博物館でメトープ〔彫刻の施された石壁〕の研究をするために来ていたジェイン・ハリソンが私たちと同じホテルに滞在していました。彼女と私はペレグリーノ山の山麓で六マイルほどの素敵な散歩に出かけました。危険な目に遭遇することはありませんでしたが、ホテルに到着すると、ホテル全体が〔私たちのために〕厳戒態勢になっていることを知り、その無謀な行動をこっぴどく叱られました。

その後、私は田舎の方面には一度も出かけませんでしたが、街中にも名所がたくさんありました。**私が多くの時間を過ごし、絵に描こうとしていた最もお気に入りの場所がありました。パラチーナ礼拝堂です。そこでは窓の割れ目からわずかなほんのりとした光が差し込んでいました。そのため、日の当たるところから礼拝堂の中に入ると見づらく、ぼんやりとした金色の像がたくさん見えるのですが。徐々にですが、その輪郭線や細かな部分の見事な美しさが目の前に現れてきました。輪郭線はノルマン様式で、サラセン人の職人たちが豊富な色使いと東洋的な技巧を存分に施していました。そのなかで最も美しかったのは金色のアプス〔祭壇の後ろの半円状の壁に施された彫刻画〕で、巨大なキリストの頭像がぼんやりと現れてくるというものでした。**

訳注

(1) 本章は一八八一年から一八八二年の出来事である。原著では本章にのみ、章題に年代が付されていない。

(2) アルフレッドは需要の弾力性について次のように説明している。「市場での需要弾力性が大きいか小さいかは、価格の一定の下落に対して需要量が大幅に増大するか小幅にしか増大しないかによるのであり、同様に、一定の価格の上昇に対して大幅に減少するか、小幅にしか減少しないかによるのである」（Alfred Marshall, *Principles of Economics*, Macmillan. 1920, p. 102）。

5 オックスフォード（一八八三―一八八四年）

私たちは一年間の海外生活を終えて、一八八二年一〇月にブリストルに戻り、それから一年間は経済学の講義を続けました。一八八三年にオックスフォード大学でインド出身の学生たちを指導していたアーノルド・トインビーが亡くなり、彼の後任としてアルフレッドに声がかかりました。彼はインド問題に夢中になっていましたが、彼の講義がもっぱらインド人の学生たちに適しているというようなものではありませんでした。［オックスフォード大学における人文学の優等学位試験である］「グレイツ」には経済学の問題が含まれていましたから、アルフレッドの講義はその準備をしていた多くの学生を惹きつけ、彼はブリストルやケンブリッジで行った講義よりも大きなクラスを担当していました。

同時期には、ヘンリー・ジョージの『進歩と貧困』[1]が大変な関心を集めていました。アルフレッドはブリストルでその著作をめぐって三回分の講義を行いましたが、エリオット女史によれば、その講義は獲物を丸呑みする前に涎を垂らす大蛇を思い起させたようです。オックスフォードにおいて、アルフレッドはヘンリー・ジョージと直接対談をしました。その席ではヨーク・ポウエルが議長を務め、マックス・ミュラーが演説を行いました。そのすぐあとに、ハインドマンとの間でもう一つの論争が行われたのですが、彼がアーサー・シジウィックに「ハインドマンは悪魔に憑りつかれろ」という文句を想起させた人物です。複本位制やアイルランドの自治問題も当時はまだ熱

狂を呼んでおり、晩餐会ではあまりに危険なので口にすることのできないテーマでした。〔オックスフォード大学では〕女子カレッジが発足したばかりで、私は〔一八七八年に創設された〕レディ・マーガレット・ホールの初代学寮長ワーズワース女史に知り合うという素晴らしい幸運に恵まれました。彼女は非常に機知に富んだ人物で、彼女の洒落は有名でしたし、彼女と一緒にする散歩は楽しいものでした。当時のオックスフォードでは、ラスキンが絵画教室を開き、大勢の聴衆に対して講演を行っており、さらに学部生たちには旅をするように促していました。トインビー・ホールは建設中で、バーネット夫妻はしばしばベリオル・カレッジにやってきて、積極的に運動に参加するように若い男性たちを鼓舞していました。慈善組織協会はちょうど創設されたばかりでした。会長のフェルプス氏、そしてアルバート・ダイシー氏と（飼い犬を連れていた）エレノア・スミス女史は定期的に会合に参加していました。また、社会問題を討議するためにシドニー・ボール氏が率いる団体もありました。こうして、私たちはオックスフォードで四学期分を過ごしましたが、それは興味をそそられる出来事や興奮で満ちていました。

⑬ オックスフォード大学ベリオル・カレッジ

当時は、まさに「ベリオル・ライムズ」[2]の時代でした。アルフレッドがベリオル・カレッジの名誉フェローに選出されたことで、私たちは「ベリオル・ライムズ」の元とされた人々の多くと知り合う幸運に恵まれました。T・H・グリーン、アーノルド・トインビー、そしてヘンリー・スミスは、私たちが当地に赴く直前に実際には亡くなっていましたが、イヴェリン・アボット、ルイス・ニトゥルシップ、アンドリュー・ブラッドリー、ストローン・デビッドソン、アルバート・ダイシー、そしてアルフレッド・ミルナーがベリオル・カレッジのフェローでした。さらに、ジョウェット――私たちはいつも彼のことを「学寮長」(the Master) と呼んでいました――のおかげで、私たちのオックスフォードでの生活はとても愉快なものになりました。

アルフレッドが初めて彼に出会ったのは、一八七七年のある週末にベリオル・カレッジを訪問したときでした。その頃、ブリストルのユニヴァーシティ・カレッジの初代学長が選考中で、ベリオル・カレッジとニュー・カレッジがその創設と運営に積極的に関わっていました。ベリオル・カレッジを訪れている間、アルフレッドと学寮長は、ブリストルの学長選考に関する話題を除き、それこそあらゆる主題について議論を行い、その別れ際には、学寮長が「学長選考がどうなるのか私には分かりませんが、いずれにしても私はあなたと知り合えたことをとてもうれしく思います」と仰ったのです。これがその後もずっと続く親交の始まりでした。**私が学寮長を初めて目にしましたのは、「ブリストルにある」クリフトン・カレッジの宿舎でパーシヴァル夫妻が催した晩餐会のときでした。**彼は長いテーブルの端のパーシヴァル夫人のそばに座っておられ、新婦だった私は「御夫人とは反対側の」パーシヴァル博士の隣に座ったのです。私はその血色のいい顔色をした白髪の小さな男性が誰であるのかを存じ上げておりませんでしたが、夕食後、鋭い物言いで有名だったウォラストン夫人が、彼がベリオル・カレッジの学寮長だと教えてくださいました。そのとき、彼は彼女に「冷ややかな視線」を向けていました。**彼とヘンリー・スミスはクリフトン・カレッジの評議員を務めておられ、その会合のために彼らは年に三度は定期的に「ブリストルへ」やってきて、たいていは私たちの家に滞在しました。私たちにとって彼らの訪問は大変な楽しみでした。彼らはよく気の合う仲間同士で、互いに幸せそうでした。というのも、ジョウェットは気心の知れた仲間といるとき以外、ずいぶん控えめで物静かでしたが、ヘンリー・スミスとはすっかり打ち解けていました。ヘンリー・スミスは私がこれまでお会いした人々のなかで最も聡明でユーモアに富んだ人物でした。かつては夜中の零時をはるかに過ぎても彼らやアルフ**

レッドに付き添ったものでした。彼らはカレッジの業務に関する議論から始めて、すぐにより大きな主題へと話を進めていくのですが、どのような話題になってもヘンリー・スミスはユーモアをいくらか交えた意見を述べて、場を盛り上げてくださいました。彼らはそれぞれカレッジでの講義に間に合うように、翌朝の早い列車で戻ると強調されていましたが、アルフレッドは早起きできるほど心身が強くありませんでしたので、私が七時の朝食に紅茶を淹れねばならなかったのですが、大変内気で口数が少なかった私に対しても、彼らは親切にしてくださり、お帰りになる時間まで陽気に過ごしてくださったので、私も楽しい気分にさせていただきました。**私がジョウェットさんと気軽に接することができるようになるまでに五年ほどかかりました。というのも、彼は難物とされるほどに内気だったからです。ところ**

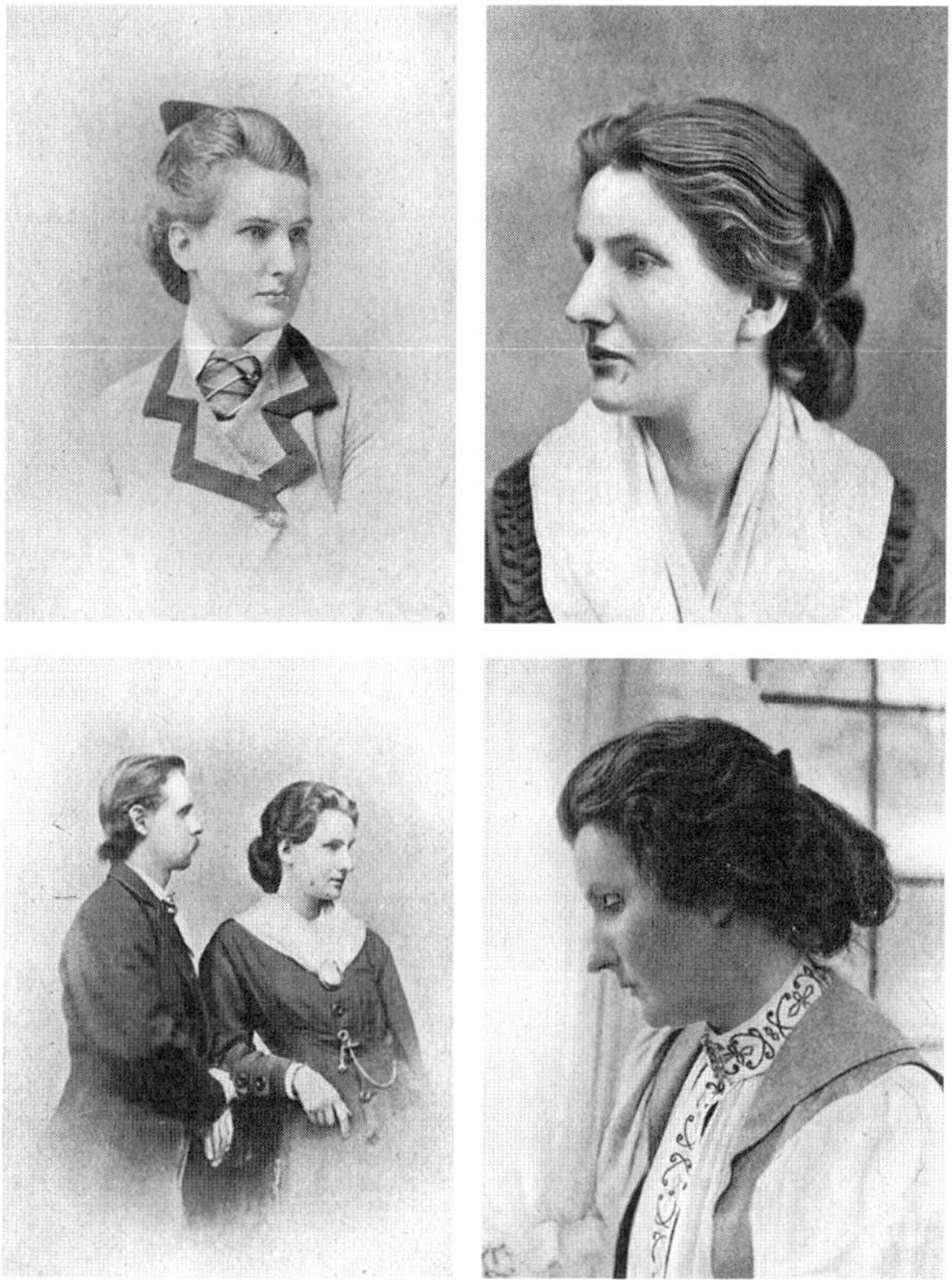

PLATE 9
上：学生時代とケンブリッジの教員時代のメアリー・ペイリー
下：若きアルフレッドとメアリー夫妻と結婚生活初期のマーシャル夫人

が、しばらくしてわたしたちは呼吸がぴったり合うようになり、話したいと思うときだけ話をしました。私はたまに彼と散歩することがありましたが、彼はときどき意見を述べて、話と話の合間を短めのメロディーの鼻歌で埋め合わせていました。彼はいつも好んで建造物に関する話をされました。後年に彼とイリーの大聖堂で午後のひと時を過ごしましたが、彼はその場所で絶対的な幸福を感じていたようです。大聖堂の南側にある袖廊の入口付近では、「この崇高さに思いを巡らせているんだ」と大声で仰っておられました。彼はしょっちゅうそこに座っておられましたので、［大聖堂の］細部まですべて理解しておられました。彼は、私たちが訪れたことのある大聖堂について話をさせるのですが、シャルトルの大聖堂が特にお気に入りのようでした。

彼は友人同士を引き合わせることを楽しんでおられ、学期中のほとんど毎週末、お互いに会いたいと思っている人たちや、互いに助力を必要としていると思われる方々に、マスターズ・ロッジに来ないかと聞いて回っておられました。彼は入念にアレンジされた大人数での社交界を土曜日に催す計画をしていましたが、かつてアーサー・シジウィックは、その夕食会に非常に多くの奇妙な動物たちが二頭一組になって入ってくるということで「ノアの箱舟」の晩餐会と呼んだことがあります。大柄なレディ・ローズベリーとタイ国の小柄な皇太子のペアは愉快な組み合わせでした。他の多くの参加者たちの中には、ゴッシェン夫妻、ハクスリー夫妻、マシュー・アーノルド夫妻、ロバート・ブラウニング、「トンデモ神学」で有名なロジャース、オーストラリアの首相、ロバート・モリエール卿、コルネリア・ソラブジ、そしてアルバート・グレイ夫妻がいらっしゃいました。私は、アルバート・グレイがカレッジの庭園にある土手に寝そべって、「われわれは副総長と一緒にいることに舞い上がっていないだろうか？」と仰っていたことを覚えております。夕食会の後には、少数の優秀な学部生たちの要望もあって音楽を楽しみました。翌日の日曜日は、ベリオル・ホールでのコンサートの前に、マスターズ・ロッジで夕食会が準備されていました。このような小規模で親密なパーティーは最も心地よいものでした。最も興味深かった会話の一つはロバート・

モーリエ卿とお話した「ごまかしの効く範囲」に関するもので、もう一つはマンデラ氏を中心にして会話が弾んだパンの値段に関する話でした。ロッジでは朝食も振舞われました。参加者たちの中には［一九〇八年から一九一八年にかけてイギリスの首相を務めた］アスキス氏もおられ、アルフレッドによれば、彼は蓋がしっかり閉じられた箱のような話し手だったそうです。その時の話題は主に「一時的な流行」に関するものでした。菜食主義に始まり、予防接種反対論に話題が移ると、アスキス氏は、とりわけ彼自身が迷惑を被ったという、レスターの市民について力説されたのです。アルフレッドは、［予防接種に反対するという］「一時的な流行」を終息させる手段として住民投票はどうかと提案していました。パーティーはランチの時間に再開したのですが、アスキス氏は法律家のゴシップに大きな関心を寄せていました。そのなかでも［アイルランドを代表する政治家］パーネル氏に関する説明については、アスキス氏が彼の顧問弁護士として大変多くのものごとを見聞きしていたことでした。例えば、パーネル氏はアイルランドが好きではなかったようで、当地に帰りたいと思うことは一度もなかったそうです。［パーネル氏が主導した］アイルランドの自治問題が展開されていた時期のある週末、A・J・バルフォアがベリオル・カレッジに滞在され、主にその問題について話をされたのですが、しばらくしてジョウェットは「言うまでもありませんが、この話には続きがございませんね」と仰いました。同じ週末にレディ・エアリーも滞在していました。彼女とジョウェットと私は、日曜に好んで訪れていたベリオル・カレッジの図書館でゆっくり過ごし、会話を楽しみました。彼女は「美しきエアリー邸」の近くにお住まいのバリーさんについて話をしてくださいました。私たちは会話をとても楽しんでいましたが、さらに彼女はジョウェットに対して「あら、彼女って素晴らしいほどに尻軽女なんですよ」と言うので、私は声をたてて笑ってしまいました。その後、彼は彼女に対して「もしイギリス人でなかったのなら、どの国に生まれたかったでしょうか？」、「あなたが今の宗教をお持ちでなかったとしたら、あなたはどのような宗教を信奉していましたか？」という二つの質問をされました。さらに彼がそのとき大きな関心を寄せていた古代ペルシャ

⑭ ベリオル・カレッジの外観

のバブ教についてもお話をされました。

彼はお互いに知っているという友人同士を引き合わせることが好きでしたが、それだけでなく、彼らに関するうわさ話をしたり、ときには批判的な見解を述べたりするのも楽しんでおられ、さらに人柄を一言か二言にまとめたりもしていました。「X卿は感じの良いフェローですが、彼はただそれだけの人物です」「他人の欠点に最も大きな関心を抱いてしまうことこそ人間の欠点なのですから、さあ、私にYの欠点を教えなさい」「天賦の才に恵まれた方々は、大抵は怒りっぽいのです」「最も気難しい方だけがZ夫人を苦手としています」といったようにです。

彼は静かな晩を友人たちと過ごすのが好きでした。彼は一度アルバート・ダイシーと、ヘンリー・スミスの妹エレノア・スミスに会いに来られたことがありました。ヘンリーが愛想のよい性格の持ち主であることと同じくらいに、エレノアも素っ気なく至言を述べることでよく知られていました。また別の日には、彼はラスキンを連れて来られたのですが、ラスキンはおかしな話や子豚にまつわる風変わりな詩で私たちを笑わせてくれました。彼のことをよく知るスミス女史は、ラスキンがこんなにも上機嫌なところを一度も見たことがないと仰っていました。ある日、アルフレッドはヴィノグラドフ教授にばったりと出くわしたことに大変興奮していまして、教授を夕食にお誘いし、さらにジョウェットにも同席できるようにスケジュールを調整してもらいたいとお願いしたほどでした。ジョウェットはこれまでヴィノグラドフに会ったことがなく、いつものようによそよそしく乗り気ではありませんでしたから、当初は多少の堅苦しさはありましたが、夜が更けるにつれてどんどん打ち解けて話をされるよ

うになりました。そして夕食後、私たちは満月の夜空のもと、小さな裏庭の白樺の木の下に座り込み、そして哲学や詩について話をするのに「相応しい」とジェウェットの呼ぶ状態を迎えたのでした。彼がその晩と同じくらい打ち解けてお話をされているところを耳にしたことがなく、そのときの会話を再現することができるのなら、私は何だって差し出してしまうと思います。

彼はもともと引っ込み思案でしたから、必然的に気心の知れた人と一緒にいることを好んでいました。ある女学校で行われた授賞式で、彼は三つの助言を与えました。それは「よく語り合うようにしましょう。上手に朗読する方法を身につけましょう。そして素敵な手紙が書けるようになりましょう」というものでした。**彼はアルフレッドと経済問題について議論することを楽しんでおられ、手帳を取りだして特別に関心をもったことを書き留めていたようです。かつて彼は、自分の知人のなかでアルフレッドが最良の話をしてくれる、と話してくださったことがあります。また別の折には「アルフレッドは私がこれまでに会った人物のうちでもっとも公平無私な人物です」とも言われました。**

彼は富裕層に対してだけでなく、貧困層に対してもチャンスを与えようとしていました。ベリオル・カレッジには日雇いの女性清掃人がおりましたが、その息子に多くの才能があることを見出すと、彼は自らのお金でその少年をケンブリッジ大学に通わせて、彼に充実した時間を与えるように友人たちにお願いをしたのです。さらに、彼はかつて、若い人たちには思い出に残るような素敵なことをしてあげたいと話をされたことがあります。彼はシジウィック夫人と同じく、目には見えない影響力を持っておられたと私は信じています。というのも、彼はお互いに恥ずかしいと思うような行いをする場合であっても、最善の気持ちで行動することを常に当たり前のように考えているようでした。「現在の自分自身よりも善くいることを心がけることで、さらに善い人物になられた方がなんと多いことか」と、学寮長は仰っていました。私たちがオックスフォードを離れる直前、彼は別れの言葉を伝えるた

PLATE 10
ベリオル・クロフト

めに［私どもの自宅へ］やってきて、ベリオル・カレッジの裏を一緒に散歩しませんかとお誘いくださいました。彼は亡くなった古い友人について語り、彼らとともに描かれている肖像画のかけられた書斎にも案内してくださいました。かつての友人の一人は、ウエストミンスター校の学長を務めていたそうですが、貧困にあえぐ多くの友人たちが住んでいたイースト・ロンドンの教区にすすんで住み続けたことを話してくださいました。

高齢でしたが忠実な我が家の使用人「サラ」もまた彼に関心をもっておりました。彼女にとって、彼は自らの宗教上の苦悩について相談することのできる唯一の存在でした。ケンブリッジの私どもの自宅に彼が宿泊された時、彼は台所で彼女のそばに座って相談を聞いておられました。

サラは、私たちが結婚してすぐに我が家にやってきて、オックスフォードやケンブリッジでも一緒に暮らし、ベリオル・クロフトで亡くなりました。彼女は使用人というよりもむしろ友人でした。繊細であっても芯の強かった彼女の性格を私ははっきりと覚えています。彼女は［イングランド南西部にある］サマセットの農業労働者の娘で、一三人家族でした。父親の稼ぎは一週間に一一シリングで、彼女たちに与えられた食べ物はカビの生えたパンや腐ったポテトだったと教えてくれたことがあります。一三人のうち二人は亡くなってしまいましたが、私もお会いしたことのある彼女の姉妹の何人かはとても素敵な方々でしたし、八〇歳を過ぎても六マイル以上も離れたところに住む姉妹に会うために歩いていくようなたくましい女性たちでした。彼女はわたしたちと過ごした四三年間、亡くなる前の一週間を除いて、ベッドのなかで一日を過ごすというようなことは一度もありませんでした。

わたしたちが海外に出かけている間、彼女はアメリカ人医師のお宅で高い賃金で雇われていました。私たちが帰国すると、彼女はわれわれのところに戻りたいと願い出たのですが、その当時の私たちが［アメリカ人医師が支払ったような］高い賃金で使用人を雇う余裕がないことを知っていましたから、彼女は低い賃金でも使用人としてのすべての仕事をすると言い張るのでした。彼女はとても信仰心の厚い方でした。アルフレッドが学長職に就いている間、私たちは二人の使用人を雇っていまして、もう一人の使用人はサラの姪のリジーでした。救世軍の経営する小売店で働いていたリジーは、我が家の住み込みの使用人になりました。サラ自身もまたプリマス同胞教会の一員でした。わたしたちと一緒に過ごした一年間、リジーはいくつもの苦悩に直面しました。例えば「叔母のサラは私の心の奥にある感情を非常に気にかけてくださるのですが、これ以上は耐えられないでしょう」という理由から、私たちの家を出ていかねばならないと悩んだこともありました。サラは私たちの精神に関しても多くの問題を感じ取っていたように思うのですが、それらとは適切な距離を置いただけでした。

私たちがオックスフォードに赴いていた時期に、サラの所属していたプリマス同胞教会で分裂問題が生じました。それは教義の説明についての行き違いではなく、あるメンバーの行動をめぐって生じた分裂でした。そこでの意見の食い違いは相当に根深く、一方の側は他方の側の人々と一緒に礼拝にさえ行きませんでした。幸運にもオックスフォードで、サラは良い仲間に恵まれていました。ケンブリッジではある男性とそのご夫人が［分裂問題において］彼女と同じ立場だったので礼拝へ行くことができていたのですが、しばらくしてその夫妻がケンブリッジを離れてしまうと、彼女の活動は絶望的なものになってしまいました。彼女は大きな不満を抱えていたので、私は彼女に対して、複雑になるばかりのどうでもよい原理や原則だと思うので分裂問題は気にする必要はない、と背中を押したつもりでしたが、それは逆に彼女を怒らせてしまい、同胞教会へ礼拝に行くよりもむしろ好きなところに礼拝に行くことにすると言い、最終的には原始メソジスト派の礼拝に参列していました。しかし、彼女がその会派の一員になることはありませんでした。

月日が経つにつれて、彼女はわたしたちの関心事のすべてを把握する人物になりました。彼女は私たち以上に私たちの人間関係を理解していましたし、さらに私たちの付き合っていた友人たちにも大変な関心を持ち、友人たちもまた常に彼女のことを心に留めておりました。**彼女は素晴らしい料理人となっていましたし、大きな責任を任されたいと強く思っていました。彼女は自分自身が「楽しいと感じる」ことを悪いことだと考えていましたが、かつて彼女は自分の人生で最も幸福を感じた一週間は、ケンブリッジで英国学術協会が開催された時に、約一二名の出席者の方々の食事を毎食準備したときだったと述べたことがあります。このとき、彼女はあらゆることを取り仕切り、夜も眠ることなく横になりながら翌日の食事のメニューを考えていました。かつて彼女は自らがこの世の中で役に立たない存在だという感情に苛まれていたのですが、おいしい食事を作ることでアルフレッドの健康が維持され、さらに彼女のおかげでアルフレッドが重要な著作を書き続けることができていることを知ったとき、彼女は慰められたのでした。**

彼女はまた、わたしたちがベリオル・クロフトを離れている夏の間、ウィメンズ・セツルメントによって選ばれた［ロンドンのテムズ川南部にある］サザーク地区の貧しい人々に、我が家に滞在してみませんか、とお誘いするという、アルフレッドが多大な関心を抱いていたことを実行に移すことのできた唯一の人物でした。サラは彼女たちに歓迎の意を示して有意義な時間を提供し、時に本当の友人にもなっていました。［ベリオル・クロフトに滞在した］女性たちのなかで、ある体の弱い女性は、サラがどのように自分をハンモックで寝かしつけ、目を覚ましたときに紅茶を提供してくれたのかを語ってくれたことがあります。彼女は「まるで天国にいるようでした」と言っていました。しかし、サラにも欠点がありました。というのも、晩年に差し掛かると彼女は少し乱暴になり、薄暗い静寂をひどく嫌いました。**彼女は一一月頃がいつも最もつらい一カ月であることを、あらかじめ知らせてくれていましたし、彼女が外出したくないことも存じていましたから、そのことを気に留めないようにしていました。**ある年の一一月に彼女がオーストラリアに行きたいと言うので、すぐに彼女に行き方などに関するあらゆる情報を伝えたのですが、彼女はそれ以上何も尋ねたりしませんでした。彼女が自分自身に対してお金や時間を費やすことはほとんどありませんでした。父母双方の親族との関係によって彼女にかなりの遺産が残され、彼女自身も十分に貯蓄をしていたはずですが、その多くを家族に送金していましたし、一度も返済されなかったとはいえ、いわゆる友人たちにもいくらかのお金を貸していたので、彼女の手元にはわずかばかりのお金しかありませんでした。最期まで彼女に遺言状を書かせる気にさせるようなものはありませんでした。彼女は一週間ほど体調のすぐれない状態が続いて、われわれの家で亡くなりました。彼女の意識がなくなり最期が近づいていくなかで、お医者さまは予測しておられましたが、二度ほど意識がはっきりすることがありました。最初に意識がはっきりした時、彼女のお気に入りの姪のリジーが、サラを看病するためにベリオル・クロフトに来ていまして、彼女に遺言が伝えられたのです。サラはリジーに自分の貯蓄を託すことをいつも考えていました。そして、二度目に彼女の意識がはっきりした時は、アルフレッドが彼女の様子を見に来ていまして（サラは彼に本当によく尽くしてくれました）、彼が部屋から出ていくと私にこう言ったのです。「ご主人様は私を、真心を尽くしてくれたサラ、と呼んでくださいました。この言葉以上に何を望むというのでしょうか？」と。

訳注

（1）アルフレッドによる連続講義の内容は、一八八三年二月二〇日、二月二七日、三月六日発行のウェスタン・デイリー・プレス紙とデイリー・ブリストル・タイムズ・アンド・ミラー紙の両新聞に掲載された。それらはまた、*Journal of Law and Economics* の Vol.12, No.1（一九六九年）に再録されている。

（2）ベリオル・カレッジの学部生が、カレッジのスタッフについて韻を踏みながら四行詩として表現する詩作の技法のことで、当時の学寮長であったジョウェットも詩作の対象とされた。一九五四年八月三〇日のタイムズ紙（ロンドン版）の投書欄には、ベリオル・ライムズに関するものがあり、ジョウェットに関する詩の内容をめぐっての論争が紹介されている。ベリオル・ライムズに関する詩集は、一九三九年と一九五五年に復刻されている。

6 ケンブリッジに戻って（一八八五―一九二四年）

四つの学期を終えるまでには、わたしたちはオックスフォードにすっかり落ち着いていました。ウッドストック通りにある庭付きの小さなお家は、それこそわたしたちに相応しいものでした。私は女子学生たちを教えていましたし、アルフレッドは大教室での講義を楽しんでいました。彼はケンブリッジこそが自分の真の故郷だと常に思っていましたが、わたしたちはこの先もオックスフォードにいるものだと考えておりました。ところが、一八八四年にフォーセット教授が亡くなり、アルフレッドが彼の後任として経済学教授に選出されたのです。手ごわい競争相手はイングリス・パルグレイブだけでした。こうして一八八五年一月に私たちはケンブリッジに向かいまして、一年間はチェスタートン通りの住宅を借りましたが、一八八六年にベリオル・クロフトが建てられ、そこに永住することになりました。一八八五年において物価はまだ低い状態でしたが、九〇〇ポンドで家を契約したものの、建築家の側の手違いのために一一〇〇ポンドの費用がかかってしまいました。(1) それから数年間、我が家はマディングレイ通りにある唯一の家でした。私たちがこの場所を選んだ主な理由はそこに森林の木々があったからでした。アルフレッドは家の設計に非常に苦労し、特にキッチンの区画は効率的な空間にしたいと考えていました。彼はケンブリッジではできるだけ地面から離れたところで生活するのが望ましいのではないかと考えていたので、より高い階で研究することを切望していました。ところが、建築家のJ・J・スティーブンソンは、バルコニーのある二階で

満足するようにアルフレッドを説得したのです。しかしその後、彼は「アーク」という回転式の大きなサマーハウスを［バルコニーよりも］好むようになりました。それは内側から容易に回転させられるように、車輪と歯車に特別な手法が施されていたのです。アルフレッドは草や木に愛着を抱いていましたが、花にはほとんど興味がなかったので、菜園に対して特別な関心を寄せていました。彼はかつて私に次のように書き送ったことがあります。「私は常に最も良い状態にある家庭菜園が、満開の花園よりも絵のように美しいと考えています。そこには、さらなる深遠さ、静穏、無意識が存在しているのです」。

毎年が同じように過ぎていきました。休暇中は自宅か海外のどちらかで過ごし、工場や作業場をみるために各地の町で多くの時間を過ごしました。アルフレッドは機械や道具について、あらゆることを知っていました。時にはそれらを手に取って使ったりもしていて、私は彼がウェッジウッドのカップを器用に加工したジャム入れを持っています。また、彼はあらゆる職業の人々がどのくらいの賃金を支払われているのかを事前に言い当てることができ、週当たりの賃金では一ペンス以上間違うことはめったにありませんでした。ある年、私たちは、産業の局地化や流行の変化に関わる問題を抱える、陶器産業が盛んな地域に行きたいと考えていました。私たちは一枚あたり四ポンドのお皿に対するアメリカ人の需要について知らされ、最も素晴らしい仕事が女性たちの繊細な指ではなく、男性陣のごつごつした指によってどのように遂行されているのかに気づかされました。別の年には、軽金属の取引が盛んな地域に行こうと考えました。一八八五年のことでした。私が特に覚えているのは、熟練労働に代わって機械が導入され始めていた、シェフィールドの製本産業です。私たちは、綴じられた書類を裁断する作業を

⑮ 現在のベリオル・クロフト

する一人の少女に出会いました。彼女は三時間も機械の前でこの作業をしていたのですが、それは、かつて手で書類を裁断している場合には、七年間もの見習い期間が必要な作業だったのです。重金属産業では労働者たちの故郷に対する思いを聞かされ、また彼らがどのようにして日曜日になると犬をともなって二〇マイル〔約三二キロ〕もの散歩に出かけ、月曜日に新たな気分で仕事に向かっているのかを教えられました。ある週末を、私たちは「マンチェスターよりも北西の沿岸部に位置する保養地」ブラックプールで過ごしました。そこでは一個三ペンスのポテト・パイを食べて、桟橋の上ではダンスを見て、日曜コンサートの素晴らしい楽曲と人々の晴れやかな表情に感銘を受けました。また、救世軍が自分たちのブラスバンドのためにお金を徴収していることにも気づきました。彼らは資金集めをしながら「神様は悪魔もブラスバンドもお持ちになるべきなのです」と述べていました。私たちはまた労働者たちが工場から出ていくところを見るために、調査の手を止めて工場の門のあたりに立っていたことがあります。私たちはまた、殊に日曜日の集まりに向けて女性たちが値引き交渉をする土曜日の晩に、各地の市場に頻繁に出かけました。さらに、美しい上演には常に賞賛が送られ、質の悪い演劇には野次が投げかけられるという市民劇場にも出かけました。救世軍の会合にも参加しましたが、そこでは人々の犯した最も罪深き経験が語られることに最も大きな関心が集まっていました。

私たちがケンブリッジに戻って間もなく地域の討論クラブが創設されたのですが、そのクラブに関連して、私たちは当時注目を集めていた人々の訪問を受けました。そのなかには、オクタヴィア・ヒルやエマ・コンズ、さらに女性初の貧民救済委員の一人メアリー・クリフォードが含まれていました。彼女はかつてブリストルで貧民救済の守護天使と呼ばれていました。当時は多くの労働者の方々が我が家に来てくださり、私は一度だけ二人の方を「ケンブリッジ大学の」キングス・カレッジのチャペルにお連れして、しばらくの間チャペルの椅子に座っていました。そうして、次はどちらに参りましょうかと私が尋ねると、一人の方に、「チャペルの印象が強すぎて忘れられなくなりそうです。もうこれ以上、わたしたちには何も見せないでください」と言われました。**ベン・ティレットやトム・マン、そしてバーネットも訪問客でしたが、特別に愉快な訪問客はトマス・バートでした**。彼は、自分がどのような経緯で一〇歳から鉱山で働き始め、そのような生活が二七歳まで続いたのかを話してくださいました。彼の家族は、大きめとはいえ一つの部屋で暮らしていて、彼はそのなかで本をなんとか集めて勉強をしたというのです。彼はメカニックス・インスティテュート(2)の大いなる価値について語ってくれましたし、さらに彼は過去を振り返って、自分自身で気づいた〔人生における〕最も大きな変化が幼少期に労働者階級の人々に全く冗談が通じなかったことにあると仰っていました。かつて「トマス・バートとイディスレイ伯爵〔スタッフォード・ノースコート卿〕が下院の最も偉大な紳士であり、トマス・バートが演説するときには常に下院が人でいっぱいだ」と言われていましたが、そのとおりだと思います。

一九〇一年に、ジョージ・トレヴェリアン氏は、ワーキングマンズ・カレッジの方々によるケンブリッジ訪問を企画しました。訪問したメンバーのうち、七人の方々がベリオル・クロフトでの晩餐会に出席して三時間ほど会話を楽しまれたのですが、出席者の一人がそのことをカレッジの雑誌(3)に寄稿されました。その晩は、〔『不思議の国のアリス』で牡蠣の友達をどんどん食べてしまう〕「セイウチと大工」のような会話がなされまして、そのような特徴的な会話を引用しないわけにはいかないでしょう。「私たちは教授やマーシャル夫人と話をしていましたが、十一時になると教授がわれわれを宿舎まで送り届けてくれました。教授のご自宅では、ナイアガラの滝の水力、潮の満ち引き、太陽光線、電力、それからエジソンの開発中だった蓄電池について語り合い、家屋、街路、煙突の最善の形や、愛煙家について、さらに〔カリフォルニア州の中央部に位置する〕ヨセミテ渓谷やミラー湖の美しさやその静けさ、そしてあらかじめ知られていることですが、毎朝の数時間だけどうして水面に一定の間隔で波が生じるのかについて会話が弾み、さらにヨセミテにあった松の巨木や、カリフォルニアのさらに大きな樹木が話題になりました。教授はわたしたちに写真を見せてくださいました。そのなかの一枚にミラー湖の写真がありまして、教授は最初にその写真を上と下を逆さまに持っていたのですが、それは他人に説明することができないほど、忠実に景色が水面に反射していました。さらに教授は当地の地質学的な奇跡についても簡単に話をしてくださいました。それから、私たちは労働と資本に関する議論をしました。教授はワーキングマンズ・カレッジにおいて、ラドローとロイド・ジョーンズの『労働者階級の進歩史 一八三二―一八六八年』（*History of the Progress of the Working Classes*, 1832-1867）を勉強し続けるようにと私たちにアドバイスされたのです。教授はラドローにずいぶん関心をお持ちで、疑いなく彼の研究を高く評価しておられました。デントやルウェリン・スミスといった人々にも言及されました。それから、ホリヨークについてもご指摘され、この方はすでに大変な高齢でしたが、特筆すべき専門的な知識の持ち主だそうです。労働組合の内部に関することや、労働組合がない場合の状態に関して、全般的な知識を持ち合わせている人物が必要とされていました。教授は三九箇条の信仰箇条への署名という厄介な問題をめぐって行われたモーリスの講演を思い起していました。かつてオックスフォード大学やケンブリッジ大学では、すべての卒業生が三九箇条の信仰箇条に署名しなければなりませんでした。教授の話では、モーリスはその信仰箇条への署名を強制する人たちに対して演説をしました。モーリスは自分自身にその信仰箇条を信じさせよと述べ、さらに卒業生たちがその信仰箇条の内容をまったく信じていない場合でも、生計を立てていくことを妨げないようにと考えて、限界まで心の痛みに耐えながら署名しているという点を取り上げ、署名を強制する人たちはその信仰箇条をあまりにも重視し過ぎていたために、それを少しも汚すようなことは口にできなかったのだと話してくださいました。その後、各国――イギリス、ドイツないしアメリカ――の支配権について議論しました。具体的には、経済の変化に関する諸原因、イギリス国内の争い、フランスとドイツの人々あるいはアメリカ人について、さらに戦争中に生み出された富や戦争が始まって以降のわれわれの優位について話をされたのです。また、輸入と輸出の関係、生産物と輸入品の関係、外国への有価証券の送付や海外送金も話題になりました。それから、必需品の生産について話が進むと、私たちの生産手段や教育を改良していく際に重要とされるものについて議論がなされ、蓄音機、タイプライター、ヒンジねじ、ナットとワッシャー、スポークの役割を担う鉄、穴あけパンチ、薬屋さん、そして他の諸々について話をされました。［バラ科の］スウィートブライアーの庭園を後にして、教授のご自宅の門扉を出て行く際、ハーヴェイはかなり圧倒されていたので、乾いていた溝に仰向けに落ちてしまい、暗闇に消えてしまったのですが、それも無理はありません。我々には側溝から彼のブーツのかかとが見えているだけという状況でした。それは確かに私たちにとってこの上なく楽しい会話と私的な交流でした。」

ケンブリッジでの数年間に、**もちろんアメリカ、ドイツ、イタリア、フランス、そしてオランダから多くの経済学者が我が家を訪問されました。私たちはピアソン教授とその奥様にとても好感を持っていまして、彼らは何度もわれわれの自宅に宿泊されました。さらにタウシッグ教授夫妻とも大変親しくしておりました。**エッジワース教授[4]も頻繁に訪れてくださいましたし、オックスフォードの経済学者たちとも文通をしていました。そして以前の学生たちの訪問はいつもうれしいものでした。

私はレイディズ・ダイニング・ソサエティのメンバーになりました。そのソサエティは、学期中に一、二回ほどお互いの家で一〇人から一二人で夕食会を催すのですが、そのときばかりは、亭主の皆さんはそれぞれのカレッジで夕食を取るか、書斎にて一人で食事をされるのでした。おもてなしの当番になった夫人は、素晴らしい夕食を準備するだけでなく（シャンパンの提供は禁止されておりました）、**その場の会話にふさわしい話題を一つ以上考えておく必要がありました。また、当番のときにはメンバーでないご夫人を一人だけ紹介することが許されていました。とはいえ、そのような閉鎖的な会でしたから、反対票が一票でもあれば、新しいメンバーの加入に関する提案を棄却することができました。そのソサエティのメンバーには、クレイトン夫人、アーサー・ベロール夫人、アーサー・**

リトルトン夫人、シジウィック夫人、ジェームズ・ウォード夫人、フランシス・ダーウィン夫人、フォン・ヒューゲル男爵のご夫人、ホレス・ダーウィン卿のご夫人、ジョージ・ダーウィン卿のご夫人、プロザロ夫人、そしてレディ・ジェッブがいらっしゃいました。そのソサエティの考案者であるクレイトン夫人は、彼女が言うところの「実行委員」について確固たる考えをお持ちで、会話は一般的なものにするようにと言われていました。そのおかげで、私たちはいくつもの楽しい会話をすることができました。クレイトン教授がピーターバラ大聖堂の最初の司教に就任され、それからロンドンでも司教になられた際には、私たちのソサエティはピーターバラと［ロンドン南西部のテムズ川北岸にある］フラムでも夕食会を催しましたし、教授がもう少し長生きされていたのなら、きっと［セントラル・ロンドンに位置する］ランベスでも夕食会が開催されたに違いありません。私どものソサエティはそれから数年間は継続したのですが、次第に何名かのメンバーがケンブリッジを離れ、また幾人かは亡くなり、最終的には一九一四年から一九一八年の戦争によってそのソサエティは解散することになりました。

過ぎ去った当時と比べると今では「個性的な方々」が少なくなっているように感じられるのですが、私はある著名な人物と親しい間柄になるという幸運に恵まれました。その人物とはミラー夫人のことです。彼女の旦那様は地質学の教授でしたが、［イタリア北東部の］ドロミテ地方を描いた彼女の銅版画（それは現在、フィッツウィリアム博物館に所蔵されています）は実際のものに酷似していることから、ボニー教授はその銅版画からその地域の地質について学ぶことができると述べたほどでした（もちろん、写真が一般的になる前の時代のことです）。私と同じように彼女もまたドロミテの山々に愛着を抱いており、幸福で和やかな気分に浸りながらどのようにして七時間も座ったまま夢中にスケッチをしたのかを話してくれたこともあります。彼女と私は二人ともクーパーの詩に親しみながら成長しましたが、彼女はクーパーの「ザ・タスク」（*The Task*, 1785）という詩を自由に諳んじることができました。彼女の毒舌と頭の回転のおかげで、ケンブリッジのダイニング・ソサエティは大いに活気づけられました。何度かの夕食会では、スープとお魚をいただいた後に、献立表のメイン・ディッシュに「ミラー夫人の新作」が登場したものでした。彼女は楽しそうにはっきりと物を言う方でしたから、一度は次のように仰って私を面白がらせたこともあります。「ケンブリッジにいる若くして結婚した人々は、多くの場合かなり小さなお家で新婚生活を始めるので、相手をわざわざ呼びに行ってお話をする必要がありません。ところが、それからしばらくして立派なお屋敷を建てられると、話しかけても相手が姿を現さないので困惑してしまうのです」。

もしかすると「個性的」ではないかもしれませんが、私どものケンブリッジのソサエティには、お伝えしておくべき特徴をお持ちの方がもう一名いらっしゃいました。レディ・ジェッブです。**彼女は若いアメリカ人の未亡人として一八七〇年代にイングランドにやって来たのですが、ケンブリッジに旋風を巻き起こしました。というのも、何人もの大学教授が彼女に惚れてしまったのです。**彼女は夕食後にゲームをしましょうと提案されたことがありました。彼女のお気に入りのゲームは「クランプス」でした。結局、彼女は遠慮がちで控えめなリチャード・ジェッブ教授と結婚しました。私は、結婚式が終わってすぐに催されたアダムズ教授ご夫妻の夕食会で彼女を見かけましたが、美しい顔貌と赤褐色の髪をもつ最高に美しい女性だと思ったことを覚えています。彼女はいつも活気に満ちていましたし、楽しくて洗練されたお話をされました。ある晩には、彼女は二名の学部長と車で帰宅することになった際、車中ではどのような高度な話を聞くことができるのだろうと期待をしていたそうですが、そのような話題が出されることは一切なく、彼らが夕食会で食べた料理のソースについてどのように話をしていたのかを聞かせてくださったことがあります。彼女はまた、夕食会の場で「性的な」話題を取り上げるとみなさんが忽ちその話題に興味を持つことを発見しました。かつて神に仕えることについて話が及んだときには、彼女は神を称賛し心から信頼していると述べて、「**まさにあなたがたは全能の神がどれほどの称賛をお求めになられるのかを考えてみるべきでは**」とまとめたのでした。さらに、彼女は美しく生まれてくることと善き人間として生まれてくることのどちらがより望ましいかと尋ねられた際に、次のように述べたのです。「もちろん美しく生まれてくる方がよいに決まっているではありませんか。自らの努力で善き人間になることはできるでしょうが、美人になることはできません」と。

私たちはほとんどの長期休暇を南チロルで過ごし、それも〔イタリアやオーストリアの側ではなく〕スイス側を好んでいました。一八九〇年から一九一二年までの間、ドロミテの山間地域にはまだ観光客や自動車が押し寄せておらず、特に〔ドロミテ地域の〕脇にある渓谷付近には自然に生きる家庭的な人々がお住まいで、何人かの親友もできました。そのような人々のなかで最も付き合いが深かったのはフィロメーナでした。彼女はアビー・バレーのステルンにある通り沿いの小さな宿屋を切り盛りしていて、私たちは三度の夏をその宿で過ごしました。彼女は「神」に

PLATE11
上：南チロルにて．午前中の仕事に出かけるところ
下：アルフレッド・マーシャル．南チロルにて（1920年 夏）

身を捧げていましたので、最後に訪問した際に私たちが彼女にお別れの挨拶をしようとしたところ、彼女は「次にお会いするのは天国でしょうね」と述べたのです。また別の宿屋の女主人は、高い自尊心をお持ちでした。というのも、彼女の息子たちのうちの一人は聖職者で、もう一人はウィーン大学のラディン語〔ドロミテ地方の言葉〕の教授でした。大学教授になった息子は休日になると帰省し、農家の友人たちと机を囲んでお酒を飲むなどしてその生活を楽しんでいました。ある日、彼はウィーンから芸術家を連れて帰りました。その方はホテルの部屋の壁にラディン語族の伝説に関する絵を描いたことがありまして、そのうちの一つは、ラディン語族との人種的な対立を生じさせる要因になった、ラテン民族とラエティア地方の人々との交流を表現したものでした。ラエティア地方のある女性が、自分のおでこに絶対に触れないということを条件にして、ラテン民族の男性との結婚に応じました。ところが、しばらくして、彼はうっかり彼女のおでこにとまっていたハエを手で追い払ってしまったのです。すると、彼女はどこかへ消え去ってしまいました。ドロミテの山間地域の低地ではラディン語が共通の言語で、多くの農民はドイツ語もイタリア語も話すことができませんでした。

ある年、私たちは隣の村に「オーストリア学派」の経済学者たちが集まっているという情報を得ました。そこにはフォン・ヴィーザーご夫妻、ベーム・バヴェルクご夫妻、ズッカーカンデルご夫妻、そのほかにも数名の方々がいらっしゃいました。私たちは大胆にも彼ら全員を、私たちの〔宿泊先の〕**かなり広い寝室でのティー・パーティーにお誘いしました。私たちの部屋は宿泊先のなかで最も広くて立派でしたが、最終的には近くの野外に設営されたテントに席を移すことにしました。**〔宿屋の女主人の〕**フィロメーナはそのような賓客をもてなすということを誇らしく思ったようで、午前四時に起床して歓待にむけて新鮮なバターや様々なご馳走を準備してくれました。フォン・ベーム・バヴェルクは、細身で身のこなしの軽い小柄な方で、熱心な登山家でしたからほとんど毎日ドロミテの山々を登っておられました。この登山のために彼の経済分析の能力はいくらか消耗されていたようで、「利**

子論」について議論をすることを避けておられました。彼とアルフレッドは書簡を通じて、その主題をめぐって熱心に議論を交わしていたので、私はどちらかと言えば［その主題が取り上げられることに］**不安を感じていました。フォン・ヴィーザー教授は大変気品のある方で、彼にぴったりの奥様とお嬢様を楽しそうに連れておられました。さらにオーストリア学派の人々は、彼らがその夏に滞在していた美しい古風な田舎の家屋で、お返しのティー・パーティーを開いてくださり、存分に楽しみました。**

アルフレッドは屋外の、それも高い場所でいつも最も良い仕事をしました。雨の日には、彼は軒先が干し草で作られたバルコニーにいることが多く、そこを「真夏の宮殿」と呼んでフィロメーナを喜ばせました。晴れた日には、彼は林に入っていきました。彼は林のなかに**キャンプ用の椅子を置いて、その上に空気で膨らませた座布団を置いて「玉座」を拵え、さらに堆積した石が開けている場合にはそこを快適に寄りかかれる背もたれにしていました。**(5) そうして、彼はそこで何時間も集中して執筆をするのでした。ある日、彼は顔を上げると、ほんの数フィート先に一頭のカモシカが立っていたそうです。そのカモシカは鳴き声をあげて足を踏み鳴らして、すぐに引き返していったのですが、翌日に再びそのカモシカが姿を現したそうです。さらに、ときどき背後から牛が近づいてきて、首に息を吹きかけたのでした。彼はできるだけ見晴らしが良くなるように、とても注意深く「玉座」の場所を選んでいたように思います。

一九一三年から一九一八年まで、［第一次世界大戦のために］夏の間はもちろんイングランドで過ごさなければなりませんでした。そして、一九一九年の七月に『産業と商業』(*Industry and Trade*) が書き上がり、アルフレッドには生活の完全な変化と休息が必要でした。彼の主治医が、可能ならば［静養のために］ぜひ彼を山へ連れて行ってくださいと仰るので、私がパスポートなどの手続きをしている間、彼は［イギリス南東部の］フォークストーンへ行きまして、［ドーバー海峡を］横断するために待機していました。その日はとても暑く、私は人混みの中で一日のほとん

PLATE12
メアリー・マーシャルの肖像画　ロジャー・フライ作

どを領事館の建物の階段に座っていたように思います。ようやく建物の中に入ることができたのですが、銀行やその他の信用照会のために、ケンブリッジに戻らなければならないと言われました。そうすることはまったく不可能でしたから、その日の午後遅くに私はフォークストーンへ行き、もし大陸にいたらもっと大きな困難に直面していたに違いないから、この夏はイングランドで過ごした方がよいということで意見が一致しました。これまでも大抵そうでしたが、山の空気が彼を元気づけてくれました。彼は三つ目の著作の執筆に真剣に取り組み始めたのですが、やはり疲労困憊の状態でした。そのため一九二〇年六月に、私たちはもう一度海外に行くことに決めたのです。

ミラノから二〇マイルほど離れた小さな駅に到着すると、客車のドアが開けられ、落雷があったのでここで下車するように言われました。ところが、私たちの重いスーツケースは貨車の中に入れられたままでした。かなり苦労して私たちは自分たちと旅行鞄をミラノまで運んでくれるという、今にも壊れそうな馬車を見つけました。ミラノに到着して、私たちはお世辞にも良いとはいえないホテルに滞在することになりましたが、故障した客車や不十分な手荷物の状態のままでいるよりはましでした。多くの無駄な試みをした後、私たちは三等ホテルに移って落雷が収まるのを待ち、それから三日間をそのホテルで過ごしました。私たちは多少イタリア語を話すことができましたが、イギリス領事のチャーチル氏がいらっしゃらなかったのなら、この先にどのようなことが生じていたのか見当もつきません。領事はアルフレッドが山へ行くことがどれくらい重要なことであるのかを理解してくださり、私たちはスーツケースを待っている必要はなく（彼はそのように考えているように見えました）、電車が動き出したらできるだけ早くミラノを離れるようにと仰いました。彼はまた、私たちが出発できるようにと英語を話すことのできる「使者」を私たちに同行させました。三日目の朝に電車が動き始めたので、私たちはその使者の方と駅に向かいました。使者の方は「あなたは私のコートをしっかり羽織ってください。そして、彼にしっかりと抱きかかえてもらってください」と言いました。待合室は隙間がないほどに人で溢れかえり、小包や手荷物が宙を飛び交うような状態でしたが、彼は私たちの荷物とともに、私たちを率いてくださいました。彼は私たちを満席だったファーストクラスの客車にうまく押し込むことにも成功し、こうして私たちは［イタリア北東部の］ヴェローナに向かうことができたのでした。ドイツ語からイタリア語に駅名が変更されたことに当惑させられたこと以外に、さらなるトラブルに巻き込まれることもなく、私たちは目的地のアビー・バレーに到着しました。私たちは旅行鞄の中身に加えて、わずかなものを購入して当地での日々を過ごしました。わたしはもう二度と私たちの大きなスーツケースが戻ってこないのではないかという考えが頭から離れませんでした。そのスーツケースには最終的に『貨幣 信用 貿易』に含まれることになるアルフレッドの執筆中の全ての草稿が入っていたのですが、おかしな話ですが、アルフレッドはこの状態を不安に思っていませんでした。六週間後の激しい雷雨の真っ只中に、荷馬車でわれわれのスーツケースが宿泊先に届けられたのですが、どれほどうれしかったことでしょう。領事のおかげで、私たちのスーツケースは一度も開けられておらず、検閲もされませんでした。この旅が、大陸に出かけた私たちの最後の旅行になりました。その後アルフレッドは認知症を患い、また体調を崩すことも多くなりましたので、今後は思い切ったことをしてはならないと考えていましたが、彼は愛しの南チロルへの再訪を常に切望していました。

一九二〇年以降の三年間、夏になると私たちは辺鄙なところですが、美しいアリッシュ・メルと呼ばれるドーセットの入り江に滞在しました。そこで彼は第三の著作の執筆に懸命に取り組みました。ところが、一九一九年に『産業と商業』を仕上げて以降、彼の記憶力は少しずつ衰えていました。その後まもなく、彼の主治医から秘かに「これ以上彼が何かを考えだしたりすることはできないと思います」と告げられました。そして実際にそうなってしまいましたが、幸せなことに、彼は自分が認知症を患っていることを知りませんでした。ずいぶん前のことになりますが、彼は書斎から一階に降りて来ると、よくこう述べていました。「とても幸福な時間だったよ。建設的な研究に比較されるほどうれしいことはないね」。

訳注

(1) 消費者物価指数の変動率に基づいて過去の貨幣価値を現在の貨幣価値に換算することのできるウェブサイト「Inflation Calculator」(https://www.officialdata.org/)によれば、一八八五年時点の九〇〇ポンドは現在の一一万六四一一・二五ポンドであり、当時の一一〇〇ポンドは一四万二二八〇・四二ポンドである。二〇二〇年三月一七日の為替レートが一ポンド=約一三〇円なので、その時点における一八八五年の九〇〇ポンドは「約一五一三万三五〇〇円」、一一〇〇ポンドは「約一八四九万六五〇〇円」となり、建築家の手違いによる差額分は約三四〇万円と推計できる。

(2) イギリスのメカニック・インスティテュートについては、加藤詔士による以下の三部作に詳しい。①『英国メカニック・インスティテュート研究の成果と動向』(神戸商科大学研究叢書、第二八巻、一九八六年)、②『英国メカニック・インスティテュートの研究——生成と発展——』(神戸商科大学研究叢書、第二八巻、一九八七年)、③『英国メカニック・インスティテュート資料研究』(神戸商科大学研究叢書、第四一巻、一九九二年)。

(3) *The Working Men's College Journal*, vol.107, 1901。この雑誌記事についてのラドローからアルフレッド宛ての書簡が、『アルフレッド・マーシャルの書簡集』(*The Correspondence of Alfred Marshall*, 3 volumes, edited by J.K. Whitaker)の第一巻に第六

五一通目の手紙として収録されている。

（4）　マーシャル・ライブラリーに保存されているメアリーのタイプ原稿には、原文における当該箇所の'and'の前に'& general F. A.Walker'と加筆がなされているが、原著にこの修正は反映されていない。

（5）　グローネヴェーゲンが一九九五年に出版したアルフレッド・マーシャルの評伝（*Soaring Eagle*）には、その玉座に座るアルフレッドの姿を写した写真が収録されている（同書の写真集七頁目の右下）。

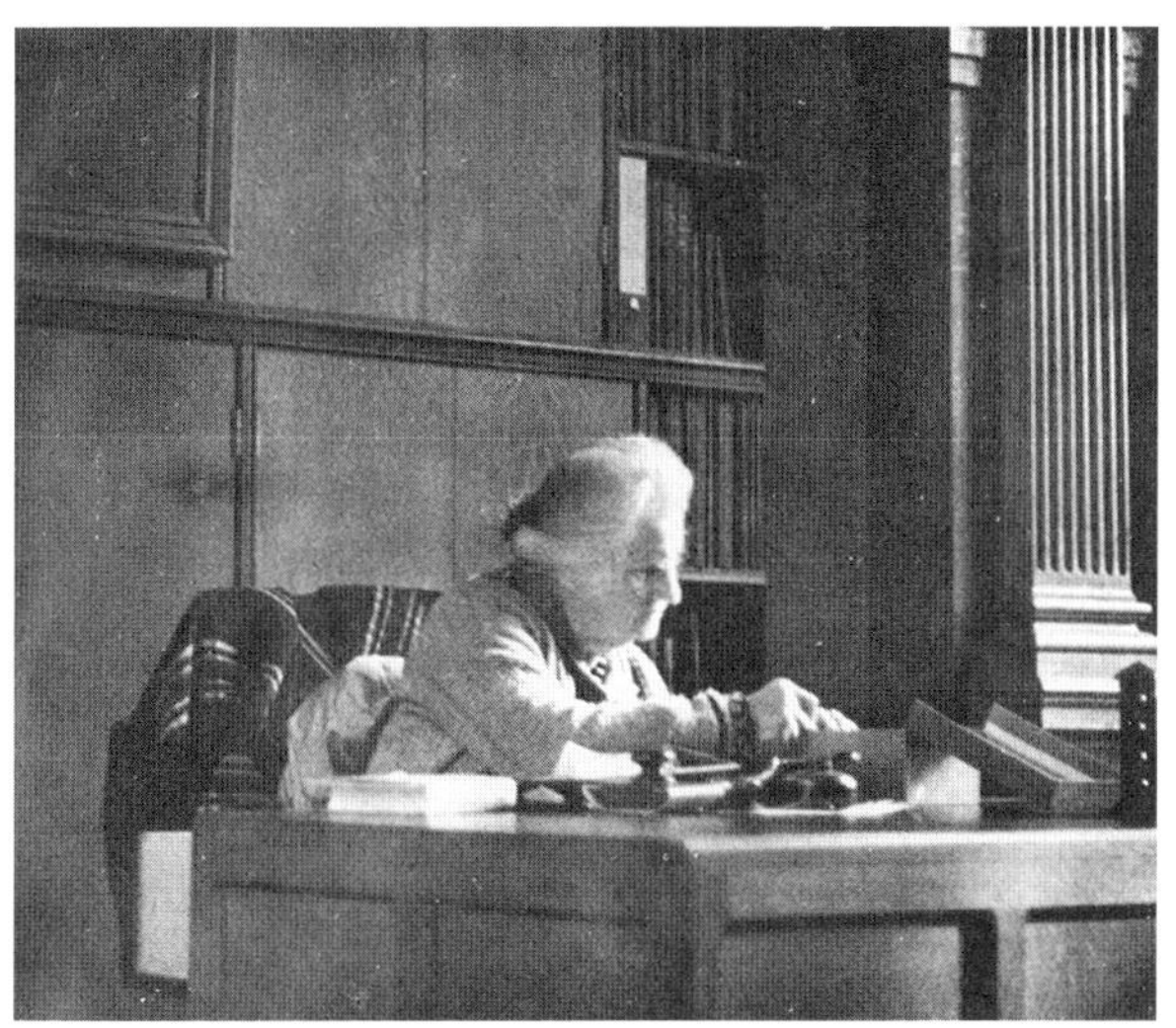

PLATE 13
マーシャル・ライブラリーで仕事中（92歳の頃）

付録　トマス・ペイリー牧師（神学士）

［ケンブリッジ大学セント・ジョンズ・カレッジの雑誌『イーグル』一八九〇年一二月号より再掲］

セント・ジョンズ・カレッジの元フェローだったトマス・ペイリー牧師（神学士）が、八一歳を迎えた一八九〇年の八月八日にウィンブルドンで亡くなった。彼は、『イーグル』のほとんどの読者もご存じの著作を執筆した大執事ペイリーの孫だった。トマスは一八一〇年五月一一日にハリファクスにて、医師の父ロバート・ペイリー博士の家庭に生まれた。彼は当地の学校に通った後、彼の父が医師の仕事を辞めたリポン近郊のビショップトンに学び、その後にはセドバーの学校に通った。そうして、彼は生涯を終えるまでヨークシャーの孝行息子であり続けた。若かりし頃、彼は何らかの運動に取り組んでいたので、彼は八〇歳を超えても、自分の半分の年の人たちよりも早く歩くことができた。

彼は一八二九年にケンブリッジ大学セント・ジョンズ・カレッジに入寮し、奨学生の資格を得た。一八三三年の第二七位ラングラー(1)［数理科学トライポスの合格者に与えられる称号］になり、一八三五年四月六日にフェローに選出された。ケンブリッジでの彼のチューターはセント・ジョンズ・カレッジ所属の故ジョン・ハイマーズ博士だった。チューターと生徒の関係は密で、頻繁にイングランドの湖水地方で休暇を過ごした。そのような遠出のうち、あるときには彼らはライダルにある詩人ワーズワースの自宅で彼と知り合いになった。ペイリー氏は過去との奇妙なつながりをしばしば楽しみながら回想した。

医師になるように養育されたが、彼は牧師職に就いた。そして数年間、彼が生徒を指導したリポン近郊のディッシュフォースにて終身の副牧師の職にあった。ディッシュフォースの現職の牧師は、当地でのペイリー氏の人生に一つか二つの事件をもたらした。ある市の立つ日、彼の生徒たちは無断欠席をしてリポンを離れた。ペイリー氏が後を追いかけて彼らはすぐに発見されたが、彼らは怒り狂った牧師に説教されてリポンまでの全行程を走ったのである。彼らはマーケット・クロス付近で追いつかれ、彼に走りながらむちで打たれ、ディッシュフォースまで戻った。そしてこの時期に、彼はディッシュフォースの教会でどちらかと言うと先進的な礼拝を行っていたようである。例えば、弦楽器での演奏を取り入れて、数マイルも離れたところから人々がやってくるような荘厳な合唱による礼拝を時々執り行った。イースター（復活祭）の日の午後は毎度、子供たちには教会にて問答式で教理が教えられた。ペイリー氏は説教壇——三段の装飾台——に立っていたが、景品でいっぱいになった大きな布製のバスケットを持った彼の妹は、四角い信者席の低い部分に座って、正しく答えられた子供にそれぞれ景品を手渡した。

一八四七年三月一日、彼はカレッジからノーザンプトンシャーのペイントンを含むウフォードの教区牧師館へ行くように言い渡された。そして同年、彼は、バートン・オン・ハンバーのバートン・ホールの住人スミス・ウォーモルド氏の長女アン・ジュディスと結婚した。ウフォードの教会は、スタムフォードから五マイル、ピーターバラから九マイルの距離にあり、別の言い方をすれば世間とはほとんどつながりがない場所だった。

★★★★

ウフォードで過ごした三三年間は平穏無事だったが、目立つことなく激務に追われていた。最初に成したもののごとの一つは、不幸にも必要とされていたウフォードの教会の修復作業だった。教会だけでなく祭壇の周囲もありとあらゆる形と大きさの背の高い赤い信者席でいっぱいだった。説教壇と書見台は一つの区画にあり、信じられないほど重い間仕切りとキリスト像のロフトは教会本体と祭壇の周囲とを引き離していた。彼は実は現代的な高教会派の様式にするのではなく、シンプルで心地よく、趣きのある感じになるようにすべてを修繕したのである。教区牧師館そのものは最近になって大きく拡張され改良された。しかし、そこはペイリー夫妻が最初から整えた大きな庭園があった場所で、美しい芝生や素晴らしい木々は取り払われてしまった。教区民は丁寧な世話を受けており、コテージでの説教や聖書の教室が開かれ、ペイリー氏は日曜に定期的に参上し、平日にも子供たちを指導したり教えたりした。当時は年配の女性たちが学校で教えていた。そのうちの一人ソップ夫人は、月契約の看護師と校長先生の役割をこなしていた。彼女は青いリボンの結ばれたむちをもっていて、学校や教会でそれを精力的に使っていた。少女たちと同様に少年は編み物をしたり、挨拶や膝を曲げたおじぎの仕方を習ったりして、それらが上手になることが彼女の教育体系において重要な位置を占めていた。

ペイリー氏は国内外の聖書協会の有力な支持者でした。また代表者とともに長距離を移動して多くの珍しい出来事に遭遇しつつ、その会議を行うために各地を訪ねた。あるときには、チャペルは自分たちを歓迎するために準備されたと彼らは思い、その中に入るとペイリー氏とその代表者は大勢の敬虔な聴衆たちが集まっていることが分かって大変うれしく思ったのである。入れ墨のある野蛮人の大きな絵——それは布教活動での自らの主張を大まかに描いて表現するためのものだった——を講演者が取り付けるまで、職務を遂行していた牧師の代表者は、自らの「黙祷の合間」を不作法にも邪魔をした原因を確かめようと、壇上に上がることはなかった。そして、それらが誤った建物に取り付けられたことを理解した二人の紳士はすぐさま片付けて、いくぶん屈辱的な撤退をしなければならなかった。また別のときには、年輩の馬手があまりにも長く馬に乗っていなかったので、長柄の端を誤った向きにして馬に取りつけてしまったところを彼に見られ、見透かされていると思いつつも、「ある人はこの方向に取り付けるのを好みますし、また別の方向に取り付けるのを好む人もおります」と述べたという。

ペイリー氏は写真の新たな技巧に大変な関心をお持ちでした。電気や化学の実験への愛好や、顕微鏡や他の科学的な機材の使用は、教区牧師館と同じく、彼に生きがいや新鮮味を与えた。その後、彼は女性の高等教育に多大な関心を持つようになり、娘の一人――現在のアルフレッド・マーシャル夫人――に始まったばかりのケンブリッジ大学の一般入学者能力検定試験の準備をさせた。彼はニューナムに娘を預けた最初の父親であり、初期の頃から［ニューナムに］強い関心を持っており、生涯を通じてクラフ女史の仲の良い友人であった。

★　★　★　★

学部生の頃、彼は福音主義復興運動の影響下にあり、シメオンとの個人的関係はその後の彼の人生の基調を成した。彼は宗教の外形にはほとんど気を配ることがなく、宗教の精神よりもむしろその外形を強めるあらゆる傾向を恐れた。彼は国教会と他の宗派との間にほとんど境界線を設けなかった。さらに彼はときどきシメオンによるスコットランド長老派教会の説教を模範したが、自己流ではあるものの彼は国教会の忠実な使徒だった。彼は『全キリスト者の認める七つの要点』(*Seven principal points on which all Christians are agreed*) と題された小冊子を出版し、「礼拝は美しき精霊で満ちている」という讃美歌集から多くの典拠を集めた。彼は「気高き隊列のごとく、異なる機会にキリスト教会に導かれし」という集祷文の順序に従ってそれらを編曲した。彼の説教をときどき聞く機会のあった方は、「風格があり、巧みに表現される談話、必ずと言っていいほど非常に洗練された言葉に運命づけられ、一七世紀や一八世紀の卓越した多くの神々の一人の聞き手を抗し難いほどに思い出させた。共通していたのは、彼の説教には時折ロードや彼のピューリタンの敵に私たちが等しく見出すように、選び出した記述や取り扱う主題には一風変わった面白さがあったことだ。力強い表情、白髪、そして黒のガウンを着用した――真面目で堂々として威厳のある――立派な老人に会って話を聞くことは、過去の歴史から取り出された一枚の葉に触れるようなもので、確かに実際的には時代錯誤ではあるが、それにもかかわらず興味深く印象的である」と彼の説教を描写した。

訳注

（1）ラングラー（Wrangler）とは、ケンブリッジ大学の数理科学トライポスに合格したものに与えられる称号で、成績の順位が添えられる。首席はシニア・ラングラー、次席はセカンド・ラングラーと呼ばれ、かつて上位二名の成績優秀者は新聞に顔写真と名前が掲載された。

解説1　メアリー・ペイリー・マーシャルとその時代

舩木惠子

1　ヴィクトリア朝

メアリー・ペイリー・マーシャル（一八五〇―一九四四）が生まれた一八五〇年のイギリスは、ヴィクトリア時代の慣習を残しながらも、急速な産業化によって資本主義経済の円熟期をむかえ、世界の最先進国として繁栄していた。このヴィクトリア朝と呼ばれるヴィクトリア女王の治世は、伝統的に三つの時期に区分される。一般的にヴィクトリア女王の即位から世界初のロンドン万国博覧会までの前期「改革の時代」（一八三七―一八五一）と、繁栄から大不況がはじまる中期「繁栄の時代」（一八五一―一八七三）、そして大不況からボーア戦争、そしてヴィクトリア女王の崩御までの「帝国主義の時代」（一八七三―一九〇一）という歴史区分である。この産業化による大きな変化の時代に、農業から工業へ主要産業も変わり、それと共にイングランドの風景も変貌する。さらに人々の生活も変わり、社会が豊かになればなるほど、様々な格差が生じるようになった。第四〇代首相で小説家ベンジャミン・ディズレーリが著書『シビル』（*Sybil, Or, The Two Nations*, 1845）の中で「二つの国民」を強調したように、この時期に富者と貧者の格差は増々大きくなる。

2　メアリーの生きた時代

メアリーが生まれた翌年の一八五一年五月に、ロンドンでは万国博覧会が開催され、当時珍しいプレハブ工法によって鉄とガラスで建設されたクリスタルパレスが繁栄したイギリスの象徴としてハイド・パークに建設された。この美しく優雅な博覧会のメイン会場は、パンチ誌（*The Punch*）がすぐにクリスタルパレスと名付けて風刺した。当時の最新技術だったプレハブ工法（prefabrication）は帝国主義のイギリスならではの発明品であり、植民地に事務所や集会所をつくるために本国の工場であらかじめつくられた建築材料を持ち込み、現地での資材確保の状況に左右されることなく、短時間で簡単に必要な建物をつくるために考案された技術と工法だった。この新しい建築技術が、近代的な博覧会にふさわしいとして採用された。軽量で美しいクリスタルパレスは、当時のイギリスを象徴する建築物として人々に強い印象と感銘を与えた。

一方、メアリーが亡くなった一九四四年のイギリスは、第二次世界大戦の真っただ中だった。後に幻のオリンピックと呼ばれるロンドンで開かれるはずだったオリンピックが中止となった年である。メアリーはまさに繁栄の時代から戦争の時代という激動のイギリスを生きた女性だった。この変化の時代に女性の社会的状況も大きな影響を受けた。家族や社会における女性の経済的、政治的、文化的な役割を理解し、女性たちの権利の解放を促進しようとする大きな流れが、自由主義経済の発展の中で徐々にではあるが活発になった。それまで人々が普通だと考えていたヴィクトリア時代の常識に一石を投じたのが、一八六九年にJ・S・ミル（John Stuart Mill）が出版した『女性の解放』だった。そこでミルは完全な両性の平等を主張し、何世紀にもわたって、慣習によって女性たちが経済的、社会的、法的に排他的な存在として、そして権力関係のもとでは服従せざるを得ない状況にあることを論理的に説明した。それは『自由論』を著したミルが、現実の社会を見たとき、無視することができない女性たちの自由の状態を、誠実に分析したものだった。ミルによって理路整然と主張されたアカデミックな女性解放思想は、知識階級を中心に普及し、社会改良の論拠として影響を深めていった。

一八六九年は、イギリスのフェミニストにとって重要な年である。この年、本書二五ページでメアリーが記しているように女性のためのケンブリッジの一般入学者能力検定試験（Cambridge Higher Local Examination）が発足されている。すでにケンブリッジ大学では一八五七年から男性を対象とする検定試験のための組織が設立され、一八五八年からバーミンガム、ブライトン、ブリストル、ケンブリッジ、グランサム、リバプール、ロンドン、ノリッチなど、各地で試験が開始されていた。受験者たちは大学で試験を受けなくても自分の居住する近くの都市で試験を受けることができるようになった。しかし注目すべきは一八六九年に初めてケンブリッジ大学が女性のために試験の門戸を開いたことである。この試験はケンブリッジではWomen's Examinationとも呼ばれていた。折しもイングランドでは貧弱な女子教育の状態が一八四〇年代のガヴァネス問題によって露呈し、議会で問題となっていた。産業化に伴う恐慌によって経済的拠り所を失った中産階級の若い女性たちの多くがガヴァネスの職を求めたが、彼女たちの知識や技能の低さに再教育の必要性が生じ、ロンドンではヴィクトリア女王が後ろ盾となったクイーンズ・カレッジや非国教徒の子女のためのベドフォード・カレッジなど、中等教育機関が設立され、女子教育の改善が社会的に求められていた。ケンブリッジの一般入学者能力検定試験はその一翼を担うものであり、女性の受験を受入れたのは中等教育機関に派遣する優秀な女性教師を生み出すための試みでもあった。したがって女性のためのケンブリッジの一般入学者能力検定試験とは一八歳以上の将来教師の職を希望する女性を対象とした試験

⑯ 女性参政権の嘆願書の束（りんごの台の下）を届けたエミリー・デイヴィスらとJ.S.ミル

でもあった。しかし当時メアリーには、特に教師になりたいというような希望はなく、「何かがしたいという気持ち」に駆られてその試験を受ける準備をはじめ、結局一八七〇年と七一年に受験したのである。その時すでに婚約中だったメアリーは、それをきっかけに婚約を解消した。

3 自立への道

「何かがしたい」というメアリーの思いは、当時の多くの中産階級の娘たちの気持ちを代弁するものだった。メアリーは普通に結婚して家庭を持ち「家庭の天使」として生きるヴィクトリア時代の常識的な生き方に対して、自分の気持ちに忠実に向き合い、流されることなく自らの意思でそれを拒絶した。それは女性に許されたわずかな専門職の一つ、教師という自立への道にメアリーが一歩踏み出した瞬間でもあった。メアリーは自分の可能性を試すことをこの時選択したのである。女性の生き方に自由がなかった当時としては非常に珍しいことだった。

女性たちが、自分たちの自由に気づくのはメアリーの時代からわずか六〇年ほど前のことにすぎない。ジョン・ロックが自然権として個人の自由と私的所有権を主張して以来、人権思想は初期のフェミニズムに影響を与え、リベラル・フェミニズムが形成された。一七九一年にフランスのオランプ・ド・グージュ（Olympe de Gouges, 1748–1793）が『女性および女性市民の権利宣言』を著し、一七九二年にイギリスのメアリ・ウルストンクラフト（Mary Wollstonecraft, 1759–1797）が『女性の権利の擁護』を出版し、法的、政治的な女性の立場を明確に主張した。彼女たちの思想は男女差のない、人間としての機会の平等や個人の自由、私的所有権を容認する古典的自由主義の伝統にあり、その流れは第一波フェミニズム運動となる一九世紀末の女性参政権運動に流入する。しかし産業化が進むヴィクトリア時代には、いわゆる女権運動とよばれるような権利の主張は、女性の経済的自立の問題と重なりを持つ。それは「ガヴァネス問題」に象徴される。イングランドでは労働者階級はもちろんのこと、中産階級の女性たちも産業化に伴い急速に市場経済に取り込まれていくことから、法的、政治的以上に経済的な問題が重要課題となった。特に中産階級の女性たちにとって切実な問題は経済的自立が困難な慣習的な家父長制社会の弊害だった。長子相続制によって長子以外の多くの若い男性たちが、当時の人口抑制の雰囲気もあり結婚を求めなくなったり、海外の植民地へ移住したり、結婚のハードルは高くなり、恐慌によって裕福な親が突然経済的に破たんする機会も増えて、財産権もなく、経済的自立もできない女性たちが安心して生きることが困難になることも多くなった。経済的自立を果たさなければならないという強い思いが、やがて中産階級の女性たちを経済学への興味に結びつけていく。

政治経済学の普及者としてジェーン・マーセットやハリエット・マーティノーが女性たちにはなじみのなかった古典派経済学を文学的な方法で普及させた。古典派経済学者のJ・S・ミルが『経済学原理』（一八四八年）の中で、初めて女性の低賃金の分析を行うと、女性たちは経済学が自分たちに関係する学問であることを自覚し、知識欲のある女性たちに政治経済学のブームが巻き起こる。このように一九世紀のイングランドでは、女性参政権運動と共に、新しい学問領域である経済学教育をめぐって学位取得の闘いが始まることになった。

しかし現実には、いきなりケンブリッジ大学で女性の高等教育と経済学が結び付けられるわけではなかった。それにはケンブリッジ大学拡張運動と女子カレッジにおける様々な人間模様や時代の雰囲気が影響していた。特に一八三六年に宗教、人種、階級などすべての男性に開かれた大学を目指したロンドンのユニヴァーシティ・カレッジ（University College, London）が王位憲章を得て大学として認可されたことが、オックスブリッジといわれる伝統的なケンブリッジ大学やオックスフォード大学に与えた影響としては非常に大きかった。両大学は新しい教育システムの導入に迫られることになり、ケンブリッジではその一つが能力検定試験だった。この試験の普及は、やがて宣伝も兼ねた地方の上流階級の女性たちも聴講できるケンブリッジ出張講座へと拡大すると、地方の教育委員会から女性の受験の要望が出されるようになった。こうして女性たちの知識への扉が徐々に開かれるとともに、彼女たちの自由の扉も開かれていく。

4　二つの女子カレッジ

メアリーは、ケンブリッジ一般入学者能力検定試験に合格した後、一八七一年からシジウィック（Henry Sidgwick）に監督を任されたクラフ女史（Ann J.Clough）に迎えられ、五人のパイオニアの女子学生の一人としてケンブリッジのリージェント通りの家に住み勉強を始める。実はこうした女子高等教育（woman's higher education）はメアリーの入学した、後のニューナム・カレッジよりも少し早く、これもまた一八六九年にヒッチンのベンスローにエミリー・デイヴィス（Emily Davies, 1830–1921）がバーバラ・ボディションなどの支援を受けて女子カレッジを設立し、すでに実現していた。エミリー・デイヴィスは福音派の牧師の娘として、中産階級の一般的な教育を受けて育った。しかし親友のエリザベス・ガレット（Elizabeth Garrett, 1836–1917）が医師になるのに必要な大学の卒業資格を得ることに協力する中で、女性の高等教育の重要性を強く認識し、一八六九年にケンブリッジ大学が一般入学者能力検定試験で、女性の受験を許可したのを受けて、ケンブリッジに近いヒッチンに家を借り、七人の女子学生たちを受け入れたのである。設立資金の三万ポンドを集める苦労話を後にヴァージニア・ウルフがガートン・カレッジとニューナム・カレッジで女子学生たちに講演の中で次のように語っている。

「部屋をいくつか借りたの。委員会を立ち上げた。封書に宛名を書いた。回覧状を作った。集会を開いた。手紙を読み上げた。誰それはこのくらいお金を出すと約束してくれた。でも○○氏は一ペニーも出すものか、とのこと。『サタデー・レヴュー』誌は無礼千万。事務所の維持費はどうやって集めましょう。バザーでも開いたら？　誰かかわいい女の子に前列に座ってもらえないかしら？　ジョン・スチュアート・ミルがこの件についてどう発言しているか調べてみましょうか……たぶん六〇年前にそんな風に始まったのでした……長い闘争と果てしない困難の後、ようやく三万ポンドを集めました……女性がみんなで毎年活動を重ねて、二千ポンドをかき集めるのも大変で、最大限に努力しても三万ポンドしか集められなかったと思うと、女性ときたらなんて嘆かわしいほど貧乏なのだろうと、私たちは呆れて笑い出してしまいました」［Woolf 1929：邦訳138-139］。

当時ウルフは四六歳だった。ガートン・カレッジでの講演の翌二七日のウルフの日記には次のように記されていた。「お腹を空かせた、でも勇ましい若い女性たち——それが私の印象だった。知的で熱心だがみんな貧乏で、みんな学校教師になる定めにある。ワインを飲んで自分ひとりの部屋を持ちなさいと、私は彼女たちにはっきりと言ってあげた。なぜジュリアンとかフランシス（などの男子学生）たちには豪華で贅沢な生活がふんだんに分け与えられているのに、フェア（などのニューナムの女子学生）たち、そしてトマス（などのガートンの女子学生・トマスは姓）たちは何も与えられていないのか？」［Woolf 1929：邦訳256］。ウルフはこのように勤勉な学生でありながら、女子学生の低い待遇に疑問を呈していた。

⑰ エミリー・デイヴィス

一八六九年にケンブリッジ大学ではフォーセット夫妻の家で、小規模なグループが女性の高等教育について、ケンブリッジ女性高等教育推進協会（The Association for Promoting the Higher Education of Women in Cambridge）を設

⑱ ガートン・カレッジ

立した。この目的はケンブリッジで優れた女性の教育者を育てるというものだった。さらにその授業はスキート、J・E・B・メイヤー、ペイリー・ケリー、ベン、マーシャルなど、ケンブリッジ大学における最高の講師陣によって計画されていた。一八七一年より始まるこのプログラムでは、高等教育を希望する女子学生が、トライポスを目指すことになる。メアリーもその一人だった。彼女たちはさらにトライポス受験について、マーシャルから道徳科学トライポスを受験するように勧められたと記している［本書：32］。ケンブリッジのトライポスでは歴史的に数理科学トライポスが権威あるものとされており、一八四〇年代に新たに設立された道徳科学トライポスはそれほどケンブリッジでは人気のあるものではなかった。しかしメアリーも述べているように経済学が居場所を見つけた唯一のトライポスだった。一方ガートン・カレッジではデイヴィスが早くから道徳科学トライポスに注目し、ケンブリッジのベン（John Venn）やケインズ（John Neville Keynes）に授業を依頼していた。アヴィニヨンに引退していたJ・S・ミルにも依頼して、経済学の模擬試験を作成、添削してもらっている。しかし一八八〇年代になると女子学生たちも徐々に古典学トライポスや数理科学トライポスで優秀な成績をとるようになる。

ケンブリッジで女性高等教育推進協会が設立されているころ、北イングランド教育委員会やロンドン教育委員会など各地域の教育委員会では、能力検定試験制度が実施されるにつれてそのための教員の質の格差が問題となっていた。シジウィックから初代ミストレスに任命されたアン・クラフ女史は北イングランド教育委員会の出身で、アメリカ帰りの経験豊かな教育者だった。またエミリー・デイヴィスもロンドン教育委員会のメンバーだった。より高度な教育を求める現場からの要望とケンブリッジ独自のプログラムは女子高等教育へ時代の流れと共に向かっていく。

ヒッチンとケンブリッジで始まった二つの女子カレッジは、自立した女性を育成するという点で非常に良く似ていた。ただし指導者の理念は少し異なっている。デイヴィスは男子学生と平等なカリキュラムにこだわった。彼女は子どものころからの学習で古典学やギリシャ語をマスターしている男子学生に対して、もし女子学生がそれらを習っていないからと言って省いたならば真の平等教育ではないと感じていた。デイヴィスは古典学もギリシャ語も女子学生に厳しく課した。しかしクラフは異なった考えを持っており、試験のための合理的な学習にこだわった。女子学生はトライポス受験を目指して勉強したが、一八七一年にメアリー達五人のパイオニアが入学して始まったニューナム・カレッジはその後一〇年間はケンブリッジ大学において明確な立場を認識されることはなかった。ケンブリッジ大学においてその存在が明確になるのは一八八〇年を過ぎてからのことである。ロンドンのユニヴァーシティ・カレッジは一八七八年に女子に門戸を開いた。しかしケンブリッジでは女子学生たちに卒業資格を与えることへの抵抗が長い間続き、学士号取得のためのトライポスを受験することはできてもケンブリッジにおける完全な資格は二〇世紀中ばまで認められることはなかった。

参考文献

舩木惠子［2013］「ミルの賃金基金説とフェミニズム」、柳田芳伸・諸泉俊介・近藤真司編『マルサス　ミル　マーシャル――人間と富との経済思想――』昭和堂。

Bennett, D. [1990] *Emily Davies and the Liberation of Women 1830-1921,* Andre Deutsch.

Gardner, A. [1921] *A short history of Newnham College, Cambridge,* Cambridge University press.

Stephen, B. [1927] *Emily Davies and Girton College,* Hyperion Press.

Woolf, V. [1929] *A Room of One's Own*, London: Hogarth Press（片山亜紀訳『自分ひとりの部屋』平凡社〔平凡社ライブラリー〕、二〇一五年）.

解説2　大学人としてのメアリーとアルフレッド

近藤真司

1　大学拡張運動（University Extension Movement）

日本では、大学においては地域貢献とか社会的貢献という名の下で成人に大学教育を提供している。政府も生涯教育とかリカレント教育として、成人（社会人）に学びの機会を提供するため大学の役割を強調している。現在の日本における成人教育は大学のイメージアップや少子化による生き残り戦略とも関係し、イギリスで始まった成人教育の趣旨とは大きくかけ離れている。

大学における成人教育の起源は、イギリスの「大学拡張運動」にある。大学拡張運動とは、「一八七三年にケンブリッジ大学のジェイムズ・スチュアート（James Stuart）によって始められた成人教育運動で、いろいろな事情で大学に来ることができない社会人に大学教育を提供する教育である」［香川 2008：14］と定義づけられている。スチュアートはケンブリッジ大学を卒業して同校トリニティ・カレッジのフェロー（特別研究員）になり、一八七五年ケンブリッジ大学工学部初代教授に選ばれ工学部教育の基礎を築く人物である。最初に、彼は、一八六七年に北イングランド女性高等教育推進協議会[1]の招きをうけて、実験的に自らの構想を試みる。一八六九年に発足した一八歳以上の女性を対象にしたケンブリッジ一般入学者能力検定試験制度[2]の枠組みづくりも行う［橋本 1985：283］。その後、一八七一年彼が二八歳のフェローの時にケンブリッジの教員宛てに、全文二一節からなる「大学拡張に関する書簡[3]」を公開で発表した。この公開書簡においては、冒頭の一節で「我々の大学をすべての階級に以前よりも近づきやすいものにすることへと大きな飛躍を遂げた」「すべての男子に大学教育の門戸を解放した」から始まり、大学拡張運動の理念・組織化・教育方法・運営方法にまで言及している。一八七三年にはケンブリッジ大学が実験的に大学拡張講座を実施し、その成果をもって一八七五年には正式に大学の事業として実施することを決定した。その後、大学拡張運動はロンドン、オックスフォード大学でも実施されることになる［香川 1974 : 6 : 2011 : 8］。

書簡の第一節で述べている「すべての男子に大学教育の門戸を解放した」という表記は、まだ大学は「すべての人々」に開放されたとは言えないというスチュアートの問題提起であり、「すべての人々」には「女性と労働者」が含まれている。大学拡張運動の受講生は、労働者・女性・教職にある人が想定されており、その方式は巡回講座と地方拡張カレッジの創設の二つであった。講義の講師としては、ケンブリッジやオックスフォードのフェローがその役割を担っており、講義は一二回開講され、討議や課題レポートの提出、指定文献の読書から最終試験も実施され、正規の講義と比べて遜色のない内容であった［香川 2011 : 9］。

大学拡張運動は大学に行くことができない民衆である労働者や女性に大学教育を提供する運動として、一九世紀末から二〇世紀にかけてイギリス全土に広がっていくのである。

2 経済学と大学拡張運動

大学拡張運動の指導者として、スチュアート以外にオックスフォードにおける運動を進めたジョン・パーシヴァル（John Percival）とベンジャミン・ジョウェット（Benjamin Jowett）の存在も重要である。彼らは民衆のために大学教育を地方都市にもたらす都市カレッジの創設構想をもっておりその実現に尽力したが、財政上の理由からもケンブリッジの「大学拡張運動」の普及に賛同するようになっていく［西岡 1997 : 165–166］。彼らは大学拡張運動において、当時の商工業都市市民の学習に適した経済学のような講座の普及に力を入れることになる。

その背景として、一八五〇年以降にイギリスの産業競争力の低下がみられ、それを克服する抜本的な大学教育が大都市の企業家や中産階層、熟練労働者層の子弟間で熱望されていた。そのために、商工業に関連の深い経済学をはじめとする社会科学の諸科目が新たな大学教育に取りいれられ、一八七〇年代以降マンチェスター、リバプール、ブリストルなどの商工業都市の発展のために新たに都市カレッジが創設されることになる［西岡 1998：118］。

パーシヴァルはブリストルにあるパブリック・スクールのクリフトン・カレッジの校長を勤めており、一八六八年に女性高等教育推進協会を作り、翌年に彼は夜間学級推進協会も立ち上げた。彼は、いろいろな職業において人格高潔（respectable）な労働者の必要性を考えていた。さらにブリストルでは、科学カレッジの創設を進める運動も起こっていた。そして、パーシヴァルの大学設立の意図はブリストルの製造業者の要望ともつながっていくのである［Carleton 1984：2］。

⑲ クリフトン・カレッジ

彼はユニヴァーシティ・カレッジ（ブリストル大学）の開学に際して、一八七二年にオックスフォード大学に働きかけ、翌年「大都市と大学の関係に関する」提言書をまとめそれを送るのである。オックスフォード・ベリオル・カレッジの学寮長であったジョウエットはそれに賛意を示した［Carleton 1984：1］。彼はプラトン、アリストテレス研究の第一人者であったが、教育制度改革の指導者でもあった。彼はブリストルという都市の発展のためだけではなく、経済学の教育と女性への教育の必要性も考えていた［西岡 1998：39-42；Percival 1873］。そこで、彼は大学設立に対して財政的支援などの面で中心的な役割を果たし、一八七六年一〇月に開学に漕ぎつけることができた。

パーシヴァルとジョウエットの両者は、ブリストルにおけるカレッジの開学の貢献者であると同時に成人教育並びに女性教育にも重要な役割を果たしていくのである。

3 ブリストル大学とマーシャル夫妻

オックスフォードのベリオルとニュー・カレッジがブリストルに高等教育の機会を提供しようと最初のユニヴァーシティ・カレッジの設立を計画していた。一八七七年に、カレッジの学長兼経済学教授には、ケンブリッジのフェローであるアルフレッド・マーシャルが着任することになる。一八七六年五月にアルフレッドとメアリー・ペイリーは婚約をしたが、当時のフェローは独身であるという規則により、かれはメアリーとの結婚によりその職を辞任せざるを得なかった。新たにカレッジが開学をするということで学長職の公募があり、そこで彼は管理職という業務と研究との関係に悩むが、熟慮の末、応募することを決意したとメアリーは回顧している［本書：49］。アルフレッドは当時すでに経済学者として名を知られており、パーシヴァルが校長を務めるクリフトン・カレッジで短期間ではあるが数学を教えた経験もあり、経済学に精通しているジョウェットとも親交があった［本書：68］。

アルフレッドの着任と同時に、メアリーも経済学を教えるために講師になった(4)。アルフレッドとメアリーはブリストルで多くの人との交友を深め、そこでたくさんの真の友人を見つけたと振り返っている。メアリーは二年目に女性ばかりのクラスで経済学の講義を任され、女子学生のチューターも引き受けている。アルフレッドの方は、学長職の傍ら若い実業家や労働組合、少数の女性が参加する夕方からの講義も行っていた。正規の講義とは別に彼はいくども夕方の公開講義を行っており、その中には彼の有名な連続講義もある［本書：50-51 66：Keynes 1972：177］。メアリーとアルフレッドの新婚生活は多忙を極め、ユニヴァーシティ・カレッジの長としてのアルフレッドの仕事は不十分な財政基盤のもと募金集めも主な仕事の一つであり、彼の性分には合わずに健康と神経をすり減らしていくことになる。一八八一年にはアルフレッドの健康がついに衰え、メアリーは彼を長い静養のためにイタリアのパレルモに連れて行く。この時が彼女の生涯で、いちばん邪魔のはいらない幸福と完全に心の満ち足りた時代であったと振り返っている［Keynes 1972：240］。

しかし、ブリストルに戻った後もアルフレッドは安静にする必要があったが、彼の役職はそれを許してはくれなかった。彼の後任にはノーベル化学賞（一九〇四年）を受賞するウィリアム・ラムゼイ（William Ramsey）が見つかり、そこで彼は役職を辞す覚悟をした。ラムゼイは一八八一年に二代目の学長に就任する［本書：52-53］。

ケインズは、「ブリストルにおけるマーシャル夫妻の働きはその地で高く評価され、この町は彼が去ってから後も長いあいだ彼の経歴に関心を持ち続けた」と夫妻のブリストルでの貢献を述べている［Keynes 1972：177］。メアリーはブリストル大学から一九二八年文学博士の学位が授与され、一九八四年出版の『ブリストル大学史』のスタッフの章には、最初にメアリーが写真とともに紹介されていることからも二人の果たした役割の大きさが理解できる［Keynes 1972：242；Carleton 1984：85］。

4　『産業経済学』とマーシャル夫妻

一八七九年に出版された『産業経済学』は、経済学者アルフレッド・マーシャルの経済学体系を知る上で、初期著作として重要な位置づけの書物である。また同書はアルフレッドの『経済学原理』（一八九〇年）出版後に絶版にして回収されたため、イギリス国内でも入手が難しい書籍になっている。同書はアルフレッドとメアリーの共著の著作であり、執筆の背景はあまり知られていない。

序文には「本書はケンブリッジ大学拡張講義の講師たちの一つの会合の求めに応じて企画されたものであり、その人たちが感じていた望みを適えようとして構成されている」と記載されている［A. & M. P. Marshall 1879］。その背景として、アルフレッドが本書を自ら企画したものではなく、最初にメアリーが結婚前にスチュアートから大学拡張運動の講義のテキストとして執筆を依頼されたものである。そこで、彼女は大いにやる気を抱き一八七六年一〇月に最初のアウトラインを作成している［本書：48］。彼女は当時、一般に普及していたフォーセットのような本の最新版を書くことを意図していた［O'Brien 1994：xviii］。

その後、アルフレッドは自らの仕事を傍らに置きメアリーの手伝いをするのであるが、執筆が進むにつれて二人の共同作業のテキストが彼の仕事になっていくのである［Keynes 1972：201］。アルフレッドは講義の中で夫婦の関係について、夫と妻は「お互いのためにではなく、何らかの目的に向かって手を取り合って生きていくべきである」と話していた［本書：41-42］。一八七九年に書物は完成し、アルフレッドとメアリーの連名で出版され、彼は二人の共著であることにこだわりその点を強調していた。

一八七九年の初版出版後、一八九一年までに一〇度増刷され一万五〇〇〇部が販売された［橋本 1985：281；O'Brien 1994：viii］という記録からも好評を博したということがわかる。ケインズは、「初歩の教科書というものがともかく必要であるとすれば、この書物はおそらくこれと同時代のものや従前のものと比較して、類書の中では最良のもの――フォーセット夫人とかジェヴォンズの入門書あるいはその後に出た多数のうちのどれよりもはるかにすぐれたもの――であった」と『産業経済学』を高く評価している［Keynes 1972：202］。

さらに、同書は大学拡張運動の受講生にとって身近なテーマである「同業組合、労働組合、労働争議、および協同組合にかんする第三編の後段は、これら重要な題目の、近代的方式による最初の満足な取扱いであった」とされている［Keynes 1972：202］。労働組合の章はメアリーが書かれたものと言われている［O'Brien 1994：xii］。しかし、メアリーは、「後になるほど、それがほんとうは彼の書物でなければならないことがわかっていた」。同書の「後半はほとんどまったく彼のものであり」、後に一八九〇年に彼が出版する『経済学原理』の中に現われた多くのものの萌芽がそれには含まれていたからである［本書：48］。一方、アルフレッドの方もその書の価格を五シリングのクラウン銀貨の「半クラウンでは真理が教えられるものではない」と述べていた。アルフレッドは「経済学の中心的学説は簡単なものではなく、また簡単にすることもできない」という考えがあった。その書は「短かい単純なドグマ（教説）はことごとく誤りである」という彼の確信に反するところからも『産業経済学』を嫌うことになる［本書：48］。

さらに、この本で発表された価値の理論が、簡単で不完全なやり方で取扱われざるを得なかった点をアメリカの経済学者が批判したことも彼の考え方をより強めた。また、経済学が初歩の学生のために楽で簡単なやり方で、いい加減な書物を教材にした生半可な公開講義によって取扱うことのできる学科だという考えにも、アルフレッドは反撥も感じていた［Keynes 1972：201］。

こういうアルフレッドの態度に対して、「それはもともと彼女のものであって、しかもいぜんとしてこの書物にたいする強い需要があったにもかかわらず、絶版にされたままでいて彼女からは一言も不平の言葉がきかれなかった」とケインズは述べている。メアリー自身どうかと言えば、彼女は「わたくしは父がいつも、マーシャルがこの書物をきらったのはいくらか狭量なところがある、という感じをもっていたこと」を知っていると述べている［Keynes 1972：239］。メアリーとアルフレッドは、ウェッブ夫妻のような両者が社会において活躍した夫婦関係ではなく、現実的な知的関係であるとの評価もある［O'Brien 1994：viii］。

しかし、公開講座や女性の高等教育の推進に関わっておきながらアルフレッドのそれらに対する態度の変化がJ・S・ミルやヘンリー・シジウィックのように女性の地位向上や女性学位の取得に奔走した人たちと比較すると、彼の保守的な態度は後の多くの研究者から批判されるところである。

⑳ マーシャル・ライブラリーの館内

5 マーシャル・ライブラリーとメアリー

ケインズはメアリーの追悼文の冒頭で、彼女は敬虔と追憶の念を込めた記録に値する人であり、アルフレッド・マーシャル夫人としてばかりではなく、生涯の最後の二〇年間をケンブリッジにおけるマーシャル・ライブラリーの発展に尽くした彼女の役割から言ってそうなのであると述べている［Keynes 1972：232］。メアリーはライブラリーの発展において、ケンブリッジの誰よりも大きな役割を担っている。

ケンブリッジ大学の経済学図書館はマーシャル・ライブラリー（Marshall Library of Economics）と名づけられ、カウンターのところにはメアリーとアルフレッドの肖像画が飾られている。この図書館はアルフレッドとシジウィックが設立した学生向けの図書室に起源をもっている。最初は、アルフレッドが出たセント・ジョンズ・カレッジの反対側のディヴィニ・スクールの中にあった。当時、書物の持ち出しができる学生専門の貸出図書館はまれであった。広範囲の書籍を読ませて、図書館の利用方法を学ばせることは、アルフレッドの教授方法の大切な部分であった。このために、自費で在学生のために講義室に著名な書物からなる貸出の図書室を設けたのである。アルフレッドが教授職を退いてから、一九〇九年ケインズが最初の司書を務め、カタログも作成している［Keynes 1972：247-248］。

また、マーシャル夫妻の自宅であるベリオル・クラフトの二階には彼の書斎があり、教え子たちは、自宅でのお茶の後に書斎から持てるだけたくさんの書物を持って帰るのが当然のことと思われていた。メアリーはアルフレッドが集めた論文や文献を整理し図書館に収めカタログを作成するのがいつのまにか彼女の専門の仕事になっていた。

教育と個人的な接触とを感化の手段とするアルフレッドの教育方法に対して、メアリーは共鳴していた。図書館で本を抱えて出て行く来館者は、そこを出る前に階下でメアリーとちょっと話をしてから行くのであった。また、彼女は心から満足の色を目に浮かべながら、来館者を道路まで見送るのである［Keynes 1972：248］。

アルフレッドの没後は、彼の蔵書は学生の使用に供するために大学の手に移り、学生用の図書室と合体されて「マーシャル・ライブラリー」となった。一九二五年にダウニング通りにその図書館が設けられ、それから一〇年後にシジウィック・サイトにある現在法学部図書館がある場所に移り、一九六〇年代からシジウィック・アベニューの現在の場所に「マーシャル・ライブラリー」は存在する。メアリーはアルフレッドの印税を上回る額を毎年図書館に払い込んで補充し充実していった。アルフレッドが亡くなった翌年の一九二五年に、メアリーは七五歳で名誉副司書に任命され、彼女は九〇歳近くまで自宅があるベリオル・クラフトから図書館までかなりの距離を自転車で通った。図書館には、メアリーの遺言で一万ポンドと彼の著作権が寄贈された。［本書：9-10］。

ケインズによると、「マーシャル・ライブラリー」はケンブリッジ学派の経済学者たちの脈傳に触れる重要な場所である。アルフレッドが死去してからは、メアリーは彼の書物を後に続く世代の学生たちの手の中でなお生き続けさせていくことが彼女の最も大切な目的であった［Keynes 1972：248］。彼女は、アルフレッドの没後二〇年近くをこの場所で過ごし、ケンブリッジの学生たちを温かく見守ったのである。図書館の一室にはメアリーが趣味で描いた水彩画が今も飾ってある［本書：61］。

6　マーシャル夫妻に出会った日本人

当時の日本人でアルフレッドの下で学んだ人物として正式に確認できるのは真中直道（慶応義塾大学教授）、添田壽一（日本興業銀行総裁など）、左右田喜一郎（京都帝国大学講師）、堀切善兵衛（慶応義塾大学教授）である［西岡 1997］。

㉑ アルフレッドが石川興二に謹呈した写真

彼ら以外にもアルフレッドの在職中に、ケンブリッジで経済・政治などを専攻した日本人は数十名に上り、その中には三菱財閥の総裁を務めた岩崎小弥太などがいる。正規の学生ではないが、アルフレッドを訪問した日本人研究者もいる。そのうちの一人が後に経済哲学を専門として京都帝国大学の経済学部・人文研究所の教授になる石川興二（一八九二―一九七六）である。石川は哲学者西田幾多郎に師事し河上肇などから経済学を学び、河上の後を継ぎ経済哲学・経済学史の講義を行った。

彼は講師時代にドイツ・フランスに留学する途中に、一九二二年五月にイギリスに立ち寄りケンブリッジ大学を訪れ、晩年のマーシャル夫妻と出会っている。彼は帰国後にマーシャル夫妻との出会いを、「晩年のマーシャル先生を訪れし頃の思ひ出」（一九二六年）というエッセーに書き残している。石川は急遽留学計画を変えアルフレッドに面会を望んだが、ケンブリッジの教員から「マーシャル先生は高齢（八〇歳）で大事な仕事に打ち込んでおられるので、この大学の先生ですらお目にかかれない」［石川 1926：2］と言われた。そこで石川がアルフレッドに会えずにケンブリッジの書店で彼の文献を探していたところ、店のものから妻のメアリーに石川のことが伝えられる。メアリーからアルフレッドは「著作に忙殺して対応はできないが、自分でよければ質問に答えるのでお茶に来るように」［石川 1926：2-3］との伝言を、石川は受け取ることになる。メアリーは丁寧に自宅（ベリオル・クロフト）で対応し、石川に来意を尋ねアルフレッドの研究について話をされている。会話の途中に、たまたまアルフレッドが庭の方から部屋に入ってきて、石川と対面している。石川はアルフレッドの第一印象として「如何にも温良な人懐しい気持ちのする方であるが、そこにはまた俗ぬけて聖者の様な感」〔石川 1926：4〕がするとの印象を残している。アルフレッドは絶版の論文や写真[21]〔石川 1925：挿入写真〕を与え、石川の要望で弟子のピグーへの紹介状を書いている。アルフレッドのピグーへの手紙には、後進に対する教育者としての温情が溢れていると感謝の言葉を石川は述べている〔石川 1926：4〕。石川はその後ピグーに面談をして、当時のケンブリッジ学派の中心人物であるケインズ、ロバートソン、ラヴィントン、ヘンダーソンへの紹介状をもらっている。ケインズとロバートソンはケンブリッジには不在で会えなかったが、ラヴィントン、ヘンダーソンとは面談している。メアリーからもヘンダーソンの著書である『需要と供給』を推薦され、親切な人なので会うようにとの助言もされている〔石川 1926：5, 10–11, 13〕。

石川は、メアリーから「なおしたい仕事があるならば、毎火曜日に来てよろしい」と言われ、その後もケンブリッジ滞在時には定期的にマーシャル宅を訪れている。石川は、マーシャル夫妻の対応について、マーシャル夫妻の「重ね重ねの御親切に対しどうお礼を述べてよいかわからない」、「紹介状一つ持たない異国の貧乏書生をこうまでして下さるということは、それは先生夫妻が特に温情の深い方であればこそ」であると述べている〔石川 1926：7〕。石川は、マーシャル宅への訪問における夫妻の親切な対応や態度からケンブリッジでの師弟関係を垣間見ている。

アルフレッドはケンブリッジに経済学教授として招聘されると、彼の講義の出席者を問わず週二回自宅への訪問を受け入れていた〔Keynes 1972：215〕。それらのことから、ケインズは「将来の経済学の担い手となるはずの自分の教え子たちには、マーシャルは進んで時間と体力とを提供した」と書き記している〔Keynes 1972：198〕。

石川はその後ドイツに渡り、メアリーとの手紙で当時執筆していたアルフレッドの著作が完成し『貨幣 信用 貿易』(*Money Credit and Commerce*, 1923) と名づけられ、さらにこの第三部作の後半を成すべき『進歩――その経済的条件――』(*Progress; its Economic Condition*) と名づけられる巻を完成させようと老いと戦い、さらなる努力をしていることを知る。石川がアルフレッドの死去を知ったのはその後フランスにいた時であり、メアリーに哀悼の手紙を書いている [石川 1926：15]。彼女からアルフレッドは苦しむことなく死去したこと、ケインズが彼の追悼文を書いている旨の返事を受け取っている。石川はケインズの追悼文により詳しくアルフレッドの一生を知り感慨深きものがあったと述べ、「経済的条件と人間 (人生) の性質の関係」が終始、直接間接にアルフレッドの学問的題目であったと考えている [石川 1926：17-18]。さらに、石川はアルフレッドの三部作の序文からメアリーの貢献部分を引用し、アルフレッドの偉大なる学問的業績の背後にメアリーの存在があることを忘れてはならないと記している [石川 1926：19]。

石川は帰国し、西田幾多郎から優れた研究者に出会えただけでも留学の価値があると言われ、後になりその意味がわかったと書き記している [石川 1963：17]。石川は書斎にアルフレッド・マーシャル、師である河上肇、研究テーマである西田幾多郎の写真を飾っていたと言われている [出口 1976：126]。

石川の著述には直接マーシャル研究というものはないが、アルフレッドに言及しているものが数多く見受けられる。数学を専攻し哲学研究に進み人間研究の経済学に一生を捧げたアルフレッドを、石川は自らの理想としている。また、数理的抽象論に留まることなく現実の世界にも重きを置いたことをアルフレッドの著作並びに生涯から彼は読み取っている。さらに、正統学派に閉じこもることなく、他の学派への目配りと他者に胸襟を開いているアルフレッドも彼は高く評価している [石川 1926：20-21]。

最後に、石川が急遽立ち寄ったケンブリッジ訪問でのメアリーの配慮が彼の研究成果につながった。ケインズが言っているように「マーシャルが今日イギリスで見られるような経済学の父であるのは、彼の著作による以上に、彼の教え子によってである」［Keynes 1972：224］を石川はまさにメアリーの対応を通じて実感したのである。

注

（1）婦人教育の向上を目的としたものである。詳細は［香川 1974：11］を参照のこと。
（2）本試験をメアリーが一八七〇年と七一年に最初に受験している［本書：25］。
（3）「大学拡張に関する書簡」が香川［1974：11-17］に訳出されている。
（4）メアリーはその後オックスフォードでも帰還したケンブリッジでも女性に講義をしており、イングランドの大学で教えた最初の女性の経済学者と言えよう。

参考文献

石川興二［1926］「晩年のマーシャル先生を訪れし頃の思ひ出」『彦根高商パンフレット』1、［1925］『社会科学――特集マーシャル研究――』改造社に加筆。

――［1963］『第三の経済学』有斐閣。

香川正弘［1974］「J・スチュアートの大学拡張案に関する覚書」『研究紀要』（四国女子大学・四国女子短期大学）、15。

――［2008］「イギリス大学拡張運動の構造」『教育学論集』（上智大学）、43。

――［2011］「スチュアートの大学拡張に関する書翰を読んで」『UEJジャーナル』1。

鈴木一典［2006］「第三の経済学の生誕――石川興二の人と思想――」『大学院紀要』（法政大学）、56。

出口勇蔵［1976］「師を想う」『経済論叢』（京都大学）、118（3・4）。

西岡幹雄［1997］『マーシャル研究』晃洋書房。

――［1998］「英米の正統派経済学と大学拡張運動」『経済学論叢』（同志社大学）、50（2）。

橋本昭一［1985］「マーシャル『産業経済学』訳者解説」『産業経済学』関西大学出版会。

Carleton, D.［1984］ *A University for Bristol: An informal history in text and pictures*, University of Bristol Press.

Keynes, J.M.［1972］ *The Collected Writings of John Maynard Keynes, Vol.X, Essays in Biography*, The Macmillan Press Ltd.（大野忠男訳『ケインズ全集一〇 人物評伝』東洋経済新報社、一九八〇年）.

Marshall, A. & M. P.［1879：2nd 1881］ *The Economics of Industry*, Macmillan.（橋本昭一訳『産業経済学』関西大学出版会、一九八五年）.

O'Brien, D.P.［1994］ 'A New Introduction of Economics of Industry', *Economics of Industry*, Thoemmes Press.

Percival, J.［1873］ *The Connection of the Universities and the Great Towns*, Macmillan.

Sanderson, M.［1992］ *Education, Economic Change and Society in England 1780-1870*, Macmillan （原剛訳『教育と経済変化』早稲田大学出版部、一九九三年）.

ケンブリッジ大学マーシャルライブラリー

https://www.marshall.econ.cam.ac.uk/library-guide/history

ブリストル大学

https://www.bristol.ac.uk/university/history/

ここでは紙面の関係であげることができなかったが、イギリスの大学拡張運動に関しては香川正弘と橋本昭一の一連の研究論文から多くのことを学び、その成果に負っている。

訳者あとがき

本書は M. P. Marshall, *What I Remember*, Cambridge: Cambridge University Press, 1947. の全訳に、二つの解説、人物一覧、年譜、索引、文献目録などを追加したものである。

本書はG・M・トレヴェリアンの序文に見られるように、晩年のメアリーが記憶を辿りながら書き綴った覚書を、彼女の死後にトレヴェリアン、マーシャル夫妻の甥C・W・ギルボー、そしてJ・M・ケインズによって編纂されたものである。ケンブリッジ大学ニューナム・カレッジ図書館には、メアリーによる手書きの覚書が保管されている。その覚書の一枚には、メアリーによる本書の構想が書かれている。当初、彼女は本書を一〇章で構成しようと考えていたようだが、出版に向けていくつかの編集上の工夫が施され、最終的に六章にまとめられて出版された。参考までにメアリーの構想していた本書の構成を以下に記すので、本書の目次と見比べていただきたい。

1. 五〇年代と六〇年代における田舎の教区牧師館での生活
2. ニューナムのはじまり
3. 収入と支出
4. パレルモの滞在先の屋根より
5. 八〇年代のオックスフォード
6. ジョウェットと他の人々

7. サラ
8. 国内旅行
9. ドロミテ地方と一九二〇年の最後の訪問——落雷の影響——
10. 河口にて

本書ではメアリーの覚書における第五章と第六章が統合され、さらに第八章・第九章・第一〇章も一つの章にまとめられている。このような編集の過程から、彼女にとっての大切な思い出が、本書のどのあたりに描かれているのかを考える際の目安にしていただけるように思う。

ところで、『ケインズ全集』第一〇巻の『人物評伝』には、「メアリー・ペイリー・マーシャル」と題された評伝が収録されているが、ケインズはそのなかで上述の覚書を存分に活用している。とはいえ、ケインズがメアリーの覚書から引用した文章は、本書の三分の一の分量にも満たないものであるから——本文ではケインズによる引用文をボールド体で表記した——、本書には、これまで日本の読者に知られてこなかった事実やエピソードがいくつも含まれているだろう。

本書は、イギリスで最初の女性の経済学講師であったメアリー・ペイリー・マーシャルの生き様が穏やかに描かれており、（配偶者の視点からアルフレッドの横顔を捉えようとする）狭い学術的関心を超えて、後期ヴィクトリア時代の人々の生き様や女性の自立という文化史の一齣としての意義をもっているように思う。しかし、そのような特質を十全に理解するためには、大学史や女性教育に関する一定の知識が必要となるだろう。そこで、少しでも読者の理解の助けになるようにと、日頃からご指導をいただいている近藤真司さんと舩木恵子さんにご協力を仰ぎ、一九世紀後半にイングランドの大学を取り巻いていた動向や女子カレッジの設立の経緯などについての素晴らしい解説を設けることができた。それらを読んでいただければ、なお一層本書の内容を深く理解することができるだろう。

また、邦訳にあたって、『ケインズ全集』（日本語版）に収録されているメアリー・ペイリー・マーシャルの評伝を参照しており、そこから学ぶところが大きかった。評伝を訳された大野忠男氏に感謝を申し上げたい。

本書もまた、様々な研究機関や人々のご協力がなければ完成しなかった。特にお世話になった方々について感謝の気持ちを込めて紹介したい。まず、大学院在学時に同じゼミナールに所属していた山本堅一さんに、マーシャル研究における本書の重要性を教えていただいた。塘茂樹さんからは、ケンブリッジ大学における資料調査のイロハを教授していただいた。ケンブリッジ大学のアン・トムソンさん（ニューナム・カレッジ図書館）、サイモン・フロストさん（マーシャル・ライブラリー）、フィオーナ・コルバートさん（セント・ジョンズ・カレッジ図書館）には、一次資料の調査・研究において親身にサポートしていただいた。瀧珠子さんとバートラン・フィリッポさんは筆者の訪問をいつも歓迎してくださり、ケンブリッジ近郊への小旅行に同行してくださった。楠木敦さん、後藤祐一さん、小峯敦さん、そして同僚の齋藤翔太朗さんには、草稿段階の本書の一部を読んでもらい、建設的な助言を仰ぐことができた。伊藤宣広さん、平井俊顕さん、藤井賢治さんには、第八回ケインズ学会（一橋大学、二〇一八年）において本書の第二章を中心に議論させてもらい、訳業の完成を激励していただいた。晃洋書房編集部の福地成文さんには迅速かつ的確な編集・校正をしていただいた。そして何よりも、「ゼミナールでじっくり読んでもらえるような本にしましょう」と、本書の出版を前向きにお引き受けくださった晃洋書房の丸井清泰さんに心から感謝を申し上げたい。

また、本書の上梓に際して、兵庫県立大学・神戸商科大学・県立神戸高等商業学校の同窓会「淡水会」より令和二年度（後期）淡水会後援基金助成金（学術研究書出版助成）をいただいた。さらに日本学術振興会からJSPS科研費（16K17097、19K01575）の助成を受けたことも記しておかねばならない。審査してくださった方々に感謝を申し上げたい。

本書に含まれるであろう誤りについての責任は、すべて訳者一人にある。謹んで読者の批判を乞い、向上に努めたいと思う。

最後に、私事で恐縮だが、訳者の研究者人生を心身の両面から支えてくれている妻の彩花と二人の息子にも感謝の気持ちを伝えたい。いつも本当にありがとう。

二〇二一年二月　神戸市西区学園都市にて

訳　者

人物一覧

本書に登場した人物のうち、メアリー・ペイリー・マーシャルと交流があった方や、現在では馴染みがないものの、同時代には重要な議論を展開していた方について、以下に略歴を掲載した。

B

ボニー

Bonney, Thomas George. 1833–1923. スタッフォードシャー出身。ケンブリッジ大学セント・ジョンズ・カレッジに学び、一八五六年の数理科学トライポスで第一二位ラングラーを獲得するとともに、古典学トライポスでは第二級の成績を修めた。卒業後はウエストミンスター校の数学教員を務めたが、聖職者としての道も歩んだ。一八五九年にケンブリッジ大学セント・ジョンズ・カレッジのフェローに選出された。幼い頃から地質学に大きな関心を寄せており、アダム・セジウィックの講義などにも出席した。一八六八年から同カレッジで地質学の講義を行っており、翌年にカレッジの講師職に就任した。一八七七年にはロンドンのユニヴァーシティ・カレッジのイェーツ・ゴールドシュミット地質学教授職に選出され、ケンブリッジ大学セント・ジョンズ・カレッジの講師職と兼任した。イギリス科学振興協会、地質学会、鉱物学会の役員を歴任。一八八九年には地質学会からウォーラストン・メダルが授与された。一九〇一年にロンドンのユニヴァーシティ・カレッジを退職した後も、ケンブリッジに戻って地質学の教育を継続した。

【主要著作】*Memories of a Long Life*, 1921.

ブラッドリー

Bradley, Katharine Harris（Catherine）. 1846–1914. バーミンガム出身。家庭で教育を受けた後、ブリストルのユニヴァーシティ・カレッジで学び、一八七三年にケンブリッジのニューナム・ホール（一八八〇年以降にニューナム・カレッジ）に進学した。マイケル・フィールド（Michael Field）というペンネームで多数の著作を公刊しており、匿名でも著作を出版した。

【主要著作】*The New Minnesinger and other poems*, 1875. *The Tragic Mary*, 1890.

ブリー

Bulley, Ella Sophia（Mrs Armitage）. 1841–1931. リヴァプール出身。家庭内教育を受けた後、一八七一年から一八七二年にかけてニューナム・ホール（一八八〇年以降にニューナム・カレッジ）の一期生として学んだ。その後、一八七四年から一八八四年までマンチェスターのオーウェンズ・カレッジで歴史学の講師を務めた。中等教育に関する王立委員会のメンバーを務める等、様々な役職を歴任。後に考古学の研究が評価され、マンチェスター大学より名誉修士号が授与された。

【主要著作】*The Childhood of the English Nation*, 1876. *A Key to English Antiquities*, 1890.

C

クラフ

Clough, Anne Jemima. 1820–1892. リヴァプール出身。家庭内教育を受けた後はほとんど独学であったが、リヴァプールの公立学校の教壇に立った。一八四七年にロンドンの教員養成学校に学んだ後、一八六五年にリヴァプールにおいて女性校長協会を組織した。一八七〇年にヘンリー・シジウィックがケンブリッジに女子学生のための教育環境の整備に取り掛かった際、リージェント通り七四番地の宿舎を拠点にしてニューナム・カレッジの礎を築いた。一八七二年以降はマートン・ホール（現在のマートン・ハウス）にて、責任者として学生たちと共同生活を送った。一八八〇年にニューナム・カレッジが開学し初代学寮長を務めた。

【主要著作】'Hints on the organization of girls' schools,' *Macmillan's Magazine*, 14, 1866.

クリーク

Creak, Edith Elizabeth Maria. 1856–1919. ブライトン出身。ブライトン近郊のホーヴにあった父親の私立学校を経て、一八七一年よりケンブリッジのニューナム・ホール（一八八〇年以降にニューナム・カレッジ）に一期生として学んだ。一八七五年の数理科学トライポスで第三級、古典学トライポスでは第二級の成績を修めた。一八八三年にバーミンガムのキング・エドワード六世女子高等学校の初代校長に就任した。さらに同地にニューナム・カレッジ・クラブを創設した。

クロフツ

Crofts, Ellen Wordsworth（Mrs Darwin). 1885–1903. 一八七四年から一八七七年にかけてニューナム・ホール（一八八〇年以降にニューナム・カレッジ）に学んでおり、一八七七年の歴史学トライポスにおいて第二級の成績を修めた。一八七八年から一八八三年までケンブリッジ大学ニューナム・カレッジの講師を務めた。一八八三年にはチャールズ・ダーウィンの三男フランシスと結婚しており、その後もニューナム・カレッジ理事会の役員として活躍した。

D

ダイシー

Dicey, Albert Venn. 1835–1922. レスターシャー出身。幼少期は母親から教育を受けており、ロンドンのキングス・カレッジ附属学校を経て、一八五四年にオックスフォード大学ベリオル・カレッジに進学した。一八五六年の古典学の学位試験と一八五八年の人文学の学位試験で第一級の成績を修めた。一八六〇年にオックスフォード大学トリニティ・カレッジのフェローに選出された。一八六一年にインナー・テンプルに入学し、一八六三年に法廷弁護士の資格を取得した。結婚によりカレッジ・フェローの資格を喪失した後、ロンドンで法廷弁護士として活躍するとともに、ジャーナリズムや学問的なプロジェクトにも携わった。一八八二年にオックスフォード大学英国法教授職に選出され、同大学オール・ソウル・カレッジのフェローも務めた。*Spectator* 誌に掲載された記事や彼が教授職在職中に出版した著作は高く評価された。夫人とともにニューナム・ホール・カンパニーのメンバーとして活躍しており、一八八〇年から一八八三年までニューナム・カレッジの外部評議員を務めた。

【主要著作】*A Treatise on the Rules of the Selection of the Parties to an Action*, 1870. *Introduction to the Study of the Law of the Constitution*, 1885.

F

フォーセット

Fawcett, Henry. 1833-1884. ソールズベリー出身。地元のデイム・スクール等で学んだ後、一八四九年にロンドンのキングス・カレッジ附属学校に進学し、数学の才能を発揮した。一八五二年にケンブリッジ大学ピーターハウスに進学したが、翌年に同大学トリニティ・ホールに移籍した。一八五六年の数理科学トライポスで第七位ラングラーの成績を修めており、同年に同カレッジのフェローに選出された。卒業後、国会議員を目指して一八五四年にリンカーンズ・インに入学しているが、狩猟中に失明するアクシデントに見舞われた。一八五九年にケンブリッジに戻り、レズリー・スティーブンの友情に支えられて同大学トリニティ・ホールでの学究生活を再開した。さらに一八六〇年頃に経済学の研究を開始しており、一八六一年にポリティカル・エコノミー・クラブの会員に選出され、一八六三年には *Manual of Political Economy* を出版した。同年にケンブリッジ大学政治経済学教授職に選出された。ケンブリッジで講義を行いながらロンドンでは政治家としての活動を続けた。経済学の学問的普及に多大に貢献した。一八六五年以降は国会議員としても活躍し、一八八〇年から一八八四年まで第二次グラッドストーン内閣の郵政大臣を務めた。

【主要著作】*Manual of Political Economy*, 1863. *Essays and lectures on Social and Political Subjects*, with Millicent Fawcett, 1872.

G

ガードナー

Gardner, Alice. 1854-1927. ロンドン出身。家庭で教育を受けた後、ハンナ・パイプ記念学校を経て、一八七六年から一八七九年までケンブリッジのニューナム・ホール（一八八〇年以降にニューナム・カレッジ）に学んだ。一八七九年の歴史学トライポスで第一級の成績を修めた。その後、プリマス高等学校やロンドンのベドフォード・カレッジの教壇に立った。一八八三年から一八八四年にかけてロンドンのベドフォード・カレッジの歴史学教授を務め、一八八四年にはケンブリッジ大学ニューナム・カレッジの歴史学講師に就任した。一九一四年に同カレッジを退職後、一九一五年以降はブリストル大学にて講師と准教授を務めており、一九一八年にはブリストル大学から名誉修士号が授与された。王立歴史学会のフェローや理事会役員を歴任。

【主要著作】*Synesius of Cyrene, Philosopher and Bishop*, 1885.
A Short History of Newnham College, 1921.

ジョージ

George, Henry. 1839-1897. アメリカ合衆国のフィラデルフィア出身。家庭の事情で一四歳頃に学業を諦めて、様々な職業を経験した。一八五一年頃の恐慌によって失業し、西海岸に向かう。一八六〇年に新聞社の印字工として働きはじめ、一八七二年にはイヴニング・ポスト紙を創刊したが、数年で廃刊した。一八六九年にアメリカ大陸横断鉄道を背景にした、資本主義社会における土地問題に関心を寄せており、一八七九年に『進歩と貧困』を出版した。労働者階級の窮乏の原因が不労所得としての地代にあるとして、すべての地代に税金を課すことや土地の私的独占を撤廃し共有化することを提案した。一八八一年以降は、英米仏豪で講演を行っており、惜しくも当選を逃したが、ニューヨークの市長選挙や州選挙に立候補した。

【主要著作】*Progress and Poverty*, 1879.

グリーン

Green, Thomas Hill. 1836-1882. ヨークシャー出身。母親が一歳頃に他界したため、教区牧師を務めていた父親から教育を受けた。ラグビー校に学んだ後、一八五五年にオックスフォード大学ベリオル・カレッジに進学した。一八五七年の古典学の学位試験で第二級、人文学の優等学位試験では第一級を獲得した。さらに法律学と現代史の学位試験において第三級の成績を修めた後、一八五九年に学士号を取得した。翌年に同大学ベリオル・カレッジの古代史及び現代史の講師職に就いており、同カレッジのフェローにも選出された。一八六四年にトーントン卿を責任者とする学校調査委員会の副委員長に就任し、ウォーリックシャーやレスターシャー等の学校を調査した。一八六六年にオックスフォード大学ベリオル・カレッジのチューターに就任しており、ベンジャミン・ジョウェットが一八七〇年に同カレッジの学寮長に就任した後はカレッジの運営業務にも携わり、金銭的に厳しい学生のためにカレッジの本館に附設されたベリオル・ホールの運営責任者も務めた。オックスフォード大学で大学拡張運動を展開し、女子学生の入学許可を訴えるキャンペーンも支持した。未成年禁酒組合の会長等も歴任する等、地域社会の運営においても多大な貢献をした。一八七八年にオックスフォード大学ホワイト講座道徳哲学教授職に就任した。四五歳で早逝したが、その社会思想や政治哲学はセツルメント運動の展開等、一九世紀後半から二〇世紀初頭の英国社会に大きな影響を与えた。

【主要著作】*Prolegomena to Ethics*, edited by A.C. Bradley, 1883. *Works of Thomas Hill Green*, edted by R.L. Nettleship, 1885–1888.

H

ハリソン

Harrison, Jane Ellen. 1850–1928. ヨークシャー出身。幼少期はガヴァネスから教育を受け、チェルテンハム・レディース・カレッジに学んだ。女子学生を対象にしたロンドン大学の入学試験やケンブリッジ大学の一般入学者能力検定試験を受験しており、一八七四年にケンブリッジのニューナム・ホール（一八八〇年以降にニューナム・カレッジ）に進学した。古典学トライポスに向けて勉学に励み、メアリー・ペイリーやエレン・クロフツを含む学生グループの中心的な人物だった。古典学トライポスで第二級の成績を獲得した。その後、大英博物館でチャールズ・ニュートン卿の下で考古学を学んだ。イートン校やウィンチェスター校などで考古学の講義を担当。一八九八年にケンブリッジ大学ニューナム・カレッジのフェローに選出され、古典学や考古学の講義を担当した。同カレッジの理事会役員も務めた。後年はベルクソン、デュルケーム、フロイトに傾倒した。一時はパリで活動したが、一九二五年以降はロンドンのブルームズベリーで過ごした。

【主要著作】*Prolegomena to the Study of Greek Religion*, 1903. *Reminiscences of a student's life*, 1925.

ヒル

Hill, Octavia. 1838-1912. ケンブリッジシャー出身。幼い頃に父親が破産し失踪したため、母親から教育を受ける。ロンドンに引越した後、一四歳頃から女性組合の書店等で母親と働き始めた。その仕事を通じて、都市部の最も貧しい人々の生活状況に衝撃を受け、F・D・モーリスを含むキリスト教社会主義者やジョン・ラスキンと知り合った。一八五六年頃からモーリスの斡旋によりワーキング・マンズ・カレッジの女性向け講義の運営にも携わり、女性教育と女性の権利について関心を深めた。その後、不衛生な建物の中の小さな部屋に家族が押し込まれるように居住している状況を改善するため、住宅改善運動を開始した。居住空間・施設の運営を居住者に任せることで新たな雇用を創出し、子供たちが交流し学ぶための施設も併設するなど、慈善組織協会（COS）とも連携した運営を行った。女性の高等教育に関するセツルメント運動にも積極的に関わり、ケンブリッジ大学ニューナム・カレッジで女子学生を対象にした講演を行った。一九〇五年にはチャールズ・ブースやビアトリス・ウェッブらと王立救貧法委員会で活躍した。

【主要著作】*The homes of the London Poor*, 1875. *Our common land*, 1877.

ホリヨーク

Holyoake, George Jacob. 1817-1906. バーミンガム出身。デイム・スクールと日曜学校で基礎教育を受けた。ブリキ職人として働いていたが、一八三六年にはメカニック・インスティテュートで数学、幾何学、天文学等について学んだ後、助手を務めた。ロバート・オーウェンの著作に傾倒し、一八四〇年以降はオーウェン主義の伝道師として活動した。一八四二年に神を冒涜した罪で逮捕・起訴されたが、一八四五年に釈放された後には、オーウェン主義者たちに向けて講義を行っており、世俗主義に関する新たな社会思潮を議論した。急進的なオーウェン主義者とされているが、ジョン・スチュアート・ミルやハリエット・マーティノーとも交流していた。ロッチデールなどの組合運動にも参加している。一八八七年にイギリス北西部のカーライルで開催された協同組合の全国会議では議長を務めた。

【主要著作】*Self Help by the People*. 1858. *History of Co-Operation*. 1875.

J

ジェッブ

Jebb, Sir Richard Claverhouse. 1841–1905. スコットランドのダンディ出身。幼少期はアイルランドのダブリンで過ごしており、セント・コロンビア・カレッジ附属学校などに学んだ後、一八五八年にケンブリッジ大学トリニティ・カレッジに進学した。一八五九年にポーソン賞を受賞し、一八六〇年にクラーヴェン奨学金を獲得した。さらに一八六二年に総長メダルを獲得しており、同年の古典学トライポスでは首席を獲得した。翌年、同大学トリニティ・カレッジのフェローに選出された。ウィリアム・トムソン（後にケルヴィン卿）の強い支持を得て、一八七五年にグラスゴー大学ギリシャ語教授職に就任した。一八八四年にアメリカ出身の夫人とともに初めてアメリカ合衆国を訪れ、ハーヴァード大学で講演を行った。一八八九年にグラスゴー大学を退職し、ケンブリッジ大学欽定講座ギリシャ語教授に選出された。ジョンズ・ホプキンス大学やオックスフォード大学でも講義を行った。一九〇〇年にナイト爵の称号を授かり、一九〇五年には大英勲章が授与された。

【主要著作】*Translations into Greek and Latin Verse*, 1873. *Homer: an Introduction to the Illiad and Oddyssey*, 1887.

ジョウェット

Jowett, Benjamin. 1817–1893. ロンドン出身。幼い頃から語学に秀でており、ロンドンのセント・ポール学校でギリシャ語とラテン語の基礎を固めた。一八三五年にオックスフォード大学ベリオル・カレッジに進学した。ラテン語の成績が評価されハートフォード奨学金を得ており、その後も数々の賞や奨学金を獲得した。卒業を待たずして一八三八年一一月に同カレッジのフェローに選出された。一八三九年の人文学の優等学位試験（Greats）で第一級の成績を修めた。古典学の勉学を続け、一八四一年にラテン語エッセイのコンテストで総長賞を受賞しており、翌年には同カレッジのチューターに就任した。他方で、大学の教育制度改革の必要を感じて大学史に関する共同研究を展開した。一八五四年のベリオル・カレッジの学寮長選挙では、三五歳以下であったために被選挙資格を持ち合わせなかったが、新学寮長の候補者の一人として推挙された。一八七〇年に正式にベリオル・カレッジの学寮長に選出され、一八八二年から一八八六年までオックスフォード大学の副総長も務めた。一八六〇年代以降はプラトン研究に集中しており、一八七一年にプラトン『国家』の英訳書（全四巻）を出版した。後年はブリストルのユニバーシティ・カレッジの創設に尽力した。

【主要著作】*Aristotle's Politics*, 1885. *Plato's Republic*, 1894.

K

ケネディ

Kennedy, Mary (Mrs Wright). 1845-1939. ケンブリッジ大学で一八七〇年に展開された女子学生向けの講義に出席し、一八七一年から一八七五年までニューナム・ホール（一八八〇年以降にニューナム・カレッジ）の一期生として学業に励んだ。一八七五年の道徳科学トライポスで第二級の成績を修めた後、ロンドンの教育機関で政治経済学の講師職に就任した。一八八〇年代にはパリのスレード美術学校（Slade School of Arts）でも学んでおり、生涯を通じて絵を描くことを趣味にしていた。メアリー・ペイリーの親友である。

L

ラーナー

Larner, Felicia. 1851-1932. ヨークシャーの私立学校に学び、一八七〇年から一八七一年にかけて展開されたケンブリッジ大学の女性向けの講義に出席した。一八七二年からニューナム・ホール（一八八〇年以降にニューナム・カレッジ）の一期生として学んだ。一八七五年の歴史学トライポスでは第二級の成績を修めた。ブラッドフォードやクリフトンなどの各種の学校で教師を務めた。サウスウォークの女子大学セツルメント運動（Women's University Settlement）にも参加した。

リヴィング

Liveing, George Downing. 1827-1924. サフォークシャー出身。一八四五年にケンブリッジ大学セント・ジョンズ・カレッジに進学し、一八五〇年の数理科学トライポスにおいて第一一位ラングラーを獲得した。翌年には第一回目の自然科学トライポスを受験しており、化学と鉱物学で第一級を獲得した。一八五三年、セント・ジョンズ・カレッジが彼のために化学講師のポストを新設し、彼は同カレッジのフェローに選出された。さらにカレッジは敷地内に化学研究用の実験施設を建設した。一八六一年から一九〇八年までケンブリッジ大学化学教授を務めており、一九一一年には同大学セント・ジョンズ・カレッジの学寮長に選出され、生涯を通じてその地位にあった。ケンブリッジ大学における実験科学の第一人者であり、チャールズ・ダーウィンに『種の起源』の出版を進言したことでも知られる。

【主要著作】*Chemical Equilibrium the Result of the Dissipation of Energy*, 1885.

M

マーシャル

Marshall, Alfred. 1842–1924. ロンドン出身。マーチャント・テイラーズ・スクールを経て、ケンブリッジ大学セント・ジョンズ・カレッジに進学した。同カレッジのボート部（Lady Margaret Boat Club）に所属し活躍した。一八六五年の数理科学トライポスでセカンド・ラングラー（次席）の成績を修めた。卒業後、ブリストル近郊のクリフトン・カレッジで数学講師を務めた。同僚の紹介でヘンリー・シジウィックと知己を得たことで哲学や心理学の研究に従事。一八六八年にケンブリッジ大学セント・ジョンズ・カレッジの道徳科学講師職に選出され、女子学生向けの講義も担当した。一八七六年に教え子だったメアリー・ペイリーと婚約し、翌年にブリストルのユニヴァーシティ・カレッジの初代学長兼経済学教授に就任した。一八八三年にはアーノルド・トインビーの後任としてオックスフォード大学ベリオル・カレッジの経済学講師に就任したが、翌年にヘンリー・フォーセットが急逝したため、その後任としてケンブリッジ大学の政治経済学教授に選出された。一八九〇年に出版した『経済学原理』は半世紀にわたって標準的な教科書であり続け、一九〇三年にはケンブリッジ大学に経済学トライポスを新設した。

【主要著作】*Principles of Economics*, 1890. *Industry and Trade*, 1919.

マーティン

Martin, Mary Jane (Mrs Ward). 1851-1933. アイルランドのアーマー出身。家庭内教育を受けており、ハムステッドのロイストンに引っ越した後、一五歳のときに当地の学校に務めるとともに、ガヴァネスとしても働いた。後にジョンズ・ホプキンス大学で生物学教授を務める実兄のヘンリー・ニューウェル・マーティンからケンブリッジ大学の一般入学者能力検定試験で入学許可を得た場合には、経済的支援をするという申し出を受けた。こうして当該の試験に合格後、ケンブリッジのニューナム・ホール（一八八〇年以降にニューナム・カレッジ）に進学した。一八七九年の道徳科学トライポスでは第一級の成績を修めた。一八八〇年から一八八四年にかけてニューナム・カレッジの講師を務め、ニューナム・カレッジ図書館のライブラリアンも経験した。ケンブリッジ大学精神哲学教授のジェームズ・ウォードとの結婚後も、ニューナム・カレッジでの講義や個人指導を継続した。一九〇九年以降、ケンブリッジ大学における女性参政権運動のメンバーとして活動し、男女平等の市民権獲得に向けた運動にも参加した。ケンブリッジのセルウィン・ガーデンに自宅を建築する際にJ・J・スティーブンソンのアシスタントを務めた。

【主要著作】*To Sing Out Sometimes: Poems of a Family*, M. Ward, A.Y. Campbell *et al*., 1983.

モーリス

Maurice, John Frederick Denison. 1805-1872. サッフォークシャー出身。幼少期はユニテリアンの牧師の父親から教育を受けた後、一八二三年に宗教上の試験が入学試験に課せられていなかったケンブリッジ大学トリニティ・カレッジに進学した。秘密サークル「使徒会」の創設メンバーの一人である。一八二五年にトリニティ・ホールに移籍した。ロンドンで法廷弁護士になるための勉強をした後、ケンブリッジに戻って市民法に関する学位試験で第一級を獲得した。学位の取得やフェローの資格を得るために必要であった、イギリス国教会の三十九箇条の信仰箇条への署名を拒否した。一八二七年以降はロンドンに居住し、ウェストミンスター・レビュー誌を介してジョン・スチュアート・ミルと交流した。一八三〇年には友人が教員をしていたオックスフォード大学エクセター・カレッジに入学し、一八三一年の学位試験では第二級の成績を修めた。教会の副牧師を経て、ロンドンのガイズ病院のチャプレンに就任した。一八四一年にロンドンのキングス・カレッジの英文学及び歴史学教授を務め、一八四六年にリンカーンズ・インのチャプレンに選出された。説教には若手の弁護士やキリスト教社会主義者ら多くの人々が出席し、多大な影響力を及ぼした。一八五四年にはロンドンにワーキングマンズ・カレッジを設立し、一八六六年にジョン・グロートの後任としてケンブリッジ大学ナイトブリッジ道徳哲学教授に就任しており、ワーキングマンズ・カレッジの校長職と兼任した。

【主要著作】*The Kingdom of Christ*, 1838. *Theological Essays*, 1853. *Metaphysical and Moral Philosophy*, 1871–1872.

メリーフィールド

Merrifield, Margaret de Gaudrion（Mrs Verrall）. ブライトン出身。家庭内教育を受けた後、一八七五年にケンブリッジのニューナム・ホール（一八八〇年以降、ニューナム・カレッジ）に進学した。当初は経済学や道徳科学に関心を持って勉強していたが、友人のジェイン・エレン・ハリソンの勧めで古典学を専攻し、一八八〇年の古典学トライポスにおいて第二級の成績を修めた。同年にニューナム・カレッジの古典学の講師職に選出された。一八八二年にケンブリッジ大学英文学教授のアーサー・ウールガー・ヴァーラル博士と結婚しており、一八八九年にはヘンリー・シジウィックらを中心とする精神科学研究学会（The Society for Psychical Research）にも所属した。ニューナム・カレッジ理事会の役職等を歴任。

【主要著作】*Mythology and Monuments of Ancient Athens*. with Jane Harrison, 1890.

P

パルグレイブ

Palgrave, Sir Robert Harry Inglis. 1827–1919. ロンドン出身。チャーターハウス・スクールで学んだ後、母方の親族が経営する銀行で働き始めた。休暇を勉強に費やし大陸旅行も敢行した。一八七〇年代に金融に関する書籍を複数出版しており、スウェーデン王国からナイトの称号を授かった。一八八三年に王立科学振興協会F部会（経済学・統計学部門）の会長に就任し、後に創設される王立経済学会の基本構想を発表した。ケンブリッジ大学政治経済学教授職やオックスフォード大学のドラモンド講座経済学教授職を目指したが失敗に終わった。一八八五年以降は王立委員会で活躍。一八八八年にはマクミラン社と出版契約を交わし、経済学辞典の編纂作業を開始した。J・N・ケインズやJ・ボナー、F・Y・エッジワースら多くの経済学者がその辞書のために寄稿。一八九四年、一八九六年、一八九九年に経済学辞典が出版され、一九〇八年に付録が出版された。その後も改訂が続けられ、現在 *The New Palgrave Dictionary of Economics* は最もよく知られた経済学辞典である。一九〇九年に経済学者として初めてイギリス国王からナイトの称号が授与された。

【主要著作】*Dictionary of Political Economy*, 1894; 1896; 1899; 1908.

ペイリー

Paley, William. 1743-1805. ケンブリッジシャーのピーターバラ近郊の出身。一七五九年にケンブリッジ大学クライスツ・カレッジに進学し、一七六三年の数理科学トライポスにおいてシニア・ラングラー（首席）を獲得して卒業した。一七六六年に同カレッジのフェローに選出、一七六八年にはチューターに就任し、道徳哲学や神学に関する講義を担当。一七七五年には同カレッジの上級学生部長の職に就いている。他方で、各地の教区牧師や司祭、大執事を務めるなど、聖職者としても活躍した。彼の *The Principles of Moral and Political Philosophy*（一七八五年）は、ベンサムの功利主義に先行するかたちで、神学的功利主義と呼ばれる新たな考え方を提示しており、出版後まもなくケンブリッジ大学における道徳科学に関するテキストに指定された。一七九四年に出版された *Evidences of Christianity* は、トライポスの受験資格審査とされていた予備試験（リトル・ゴー）における課題図書に指定された。さらに *Natural Theology*（一八〇二年）は独自の調和的な社会観や自然観を示し、ヴィクトリア時代のイングランドの社会思潮にも大きな影響を与えたとされる。一八世紀後半から一九世紀中頃まで、ペイリーの思想はケンブリッジ大学における研究教育上の基礎であった。

【主要著作】*The Principles of Moral and Political Philosophy*, 1785; *A View of the Evidences of Christianity*, 1794.

パーシヴァル

Percival, John. 1834-1918. イングランド北西部のウェストモーランド出身。母親の死後、母方の親戚に預けられた。地元のグラマースクール等を経て、オックスフォード大学クイーンズ・カレッジに進学した。オックスフォード大学から数学奨学金を得て、古典学と数学の学位試験では第一級の成績を納めた。一八五八年に同カレッジのフェローに選出されたが、健康を損ねたためフランス南部で療養生活を送った。フレデリック・テンプルの紹介で一八六〇年にラグビー校の校長に就任し、一八六二年にはブリストルに新設されたクリフトン・カレッジの初代校長に選出された。ブリストル市の教育改革委員会や女性の高等教育を促進する委員会でも活躍し、クリフトン高等女学校の創設に関わった。一八七三年に *The Connection of the Universities and the Great Towns* を出版して大学拡張運動との関係で大きな注目を集め、ブリストルにユニヴァーシティ・カレッジを創設する運動を主導した。一八七九年にオックスフォード大学トリニティ・カレッジの学寮長に就任するとともに、宗派を問わない女子カレッジの設置に向けた運営委員会の長も務め、サマヴィル・カレッジの創設に尽力した。その後、ラグビー校の校長やウェールズにあるヒアフォード大聖堂の主教を経て、一九〇三年にオックスフォードの労働者教育連合会の会長として再び教育改革事業に携わった。一九〇七年には、性別や階級の違いに関係なく、すべての子供たちに人道的で社会的正義に適った教育を提供することの必要性を貴族院で訴えた。

【主要著作】*The Connection of the Universities and the Great Towns*. 1873. *Some Helps for School Life*. 1880.

R

ラスキン

Ruskin, John. 1819-1900. ロンドン出身。裕福な家庭に育ち、幼い頃から両親や家庭教師から教育を施された。ロンドンのキングス・カレッジ等を経て、一八三六年にオックスフォード大学クライスト・チャーチに進学した。*Architectural Magazine* 誌に建築物と自然に関するエッセイを連載し、また詩のコンテスト（the Newdigate Poetry Competition）で作品が評価され、その式典でワーズワースから表彰された。失恋によるショックで古典学の優等学位試験の受験は適わなかったが、一八四二年に普通学位試験にて極めて優秀な成績を修め、翌年に修士号を授与された。その後、ロンドンのワーキングマンズ・カレッジ（Working Man's College）で美術の講義を担当するなどして積極的に活動した。『芸術経済論』（一八五七年）等の著作は高く評価され、一八六〇年代後半までに美術家としても社会評論家としても一定の地位を確立した。一八六九年にオックスフォード大学の初代スレード講座美術学教授職に選出された。晩年は文化活動や芸術の講義を展開したり、ナショナル・トラスト運動の創設に関わったりするなどして過ごした。

【主要著作】*The works of John Ruskin*, edited by E.T. Cool and A. Wedderburn. 1903-1912.

S

シジウィック、A

Sidgwick, Arthur. 1840-1920.　ヨークシャー出身。ヘンリー・シジウィックを含む六人兄弟の五男で、父親はスキップトン・グラマー・スクールで校長を務めた。ラグビー校に学んだ後、一八五九年にケンブリッジ大学トリニティ・カレッジに進学した。学生自治会の会長を務めた。一八六三年の古典学トライポスでは第一級を獲得し、数理科学トライポスではラングラーは逃したものの、第一四位のシニア・オプティムを獲得し、翌年に同カレッジのフェローに選出された。一八六四年にはラグビー校の校長補佐に就任し、古典学、英語学、歴史、神学の授業も担当した。一八六九年にはイギリス国教会の信仰箇条に反対して辞職したが、一八七四年に再びラグビー校の教師に就任。一八七九年にオックスフォード大学コーパス・クリスティ・カレッジのフェローに選出され、一八九四年から一九〇六年にかけて同大学ギリシャ語准教授を務めた。他方で、一八七八年に設立された「オックスフォード大学女性向け高等教育促進会議」（AEW）では会長等の役職も歴任し、同大学における女性の高等教育の普及に多大に貢献した。ヘンリー・シジウィック（一八三八―一九〇〇）の弟である。

【主要著作】*Henry Sidgwick: a memoir*, with E.M. Sidgwick. 1906.

シジウィック、H

Sidgwick, Henry. 1838–1900. ヨークシャー出身。父親はスキップトン・グラマー・スクールの校長を務めていた。幼少期は家庭教育を受け、後にラグビー校を経て、一八五五年にケンブリッジ大学トリニティ・カレッジに進学した。使徒会のメンバーとして活動した。一八五九年の古典学トライポスで首席、数理科学トライポスでは第三三位ラングラーを獲得し、卒業と同時に同カレッジのフェローに選出された。かねてからの宗教的な懐疑からイギリス国教会の信仰箇条に署名せず、一八六九年にフェロー等の職を退いたが、同カレッジは彼を講師職に選出した。エレノア・バルフォアと結婚し、夫人とともに女性の大学教育を重視した。一八六九年にはケンブリッジ大学で女性向けの講義を企画し、ミリセント・フォーセットとともにニューナム・カレッジの創設に向けて尽力した。一八八三年に同大学ナイトブリッジ講座道徳哲学教授に就任した。倫理学を中心に研究を展開し、その学問的影響はケンブリッジ学派経済学に通底するものである。アーサー・シジウィック（一八四〇―一九二〇）の兄である。

【主要著作】*The Methods of Ethics*, 1874. *Outlines of the History of Ethics*, 1886.

シメオン

Simeon, Charles. 1759–1836. レディング出身。イートン校を経て、一七七九年にケンブリッジ大学キングス・カレッジに進学した。在学中のイリー大聖堂の司教より執事に任命され、翌年に学位を取得するとともにピーターバラ大聖堂の司教から司祭に任命された。福音主義運動から多大な影響を受けており、ケンブリッジを拠点として活動した。ミサにおける学生の態度を改めさせる方策を試み、定期的に説教のクラスを開催することにも尽力した。ケンブリッジ大学キングス・カレッジの副学寮長等を歴任。

【主要著作】*Horae homilecticae*, 1819–1828.

スミス、E・E

Smith, Eleanor Elizabeth. 1822–1896. ダブリン出身。語学に堪能で、七歳の頃に独学でヘブライ語を学び、文学に精通していた。一八六〇年代、オックスフォード大学には女子カレッジが存在していなかったため、女子教育に理解のある教授たちとともに女子学生向けの講義を開設した。一八七一年にオックスフォード大学の理事会に女性として初めて加わり、一八七九年に設立された女子カレッジのサマヴィル・カレッジの理事会役員だけでなく、ロンドンのベドフォード・カレッジ（女子高等学校）の理事も務めた。一八九五年にはオックスフォード大学における女子学生への学位認定運動を支持し、さらに貧困階級における健康状態の改善に向けた取り組みもサポートした。兄は数学者のヘンリー・スミス（一八二六―一八八三）であり、アルバート・ダイシーは生涯を通じての友人であった。

スミス、H・J・S

Smith, Henry John Stephen. 1826–1883. ダブリン出身。父親を早くに亡くしたが、家庭教師の指導を受けて、ラグビー校に入学した。ところが実兄の死により学業を中断して家族とともに海外に移住した。一八四四年にオックスフォード大学ベリオル・カレッジに進学した。不運にも、大陸の実家を訪ねた際に天然痘やマラリアを罹患した。その回復途上ではコレージュ・ド・フランスやパリ第一大学の講義に出席した。一八四七年にオックスフォード大学に復学し、一八四九年の古典学と数学の学位試験では第一級の成績を修めて、同カレッジのフェローに選出された。翌年にはカレッジの数学講師職が与えられ、一八六一年にはオックスフォード大学サヴィリアン講座幾何学教授に就任した。エレノア・スミス（一八二二―一八九六）の兄である。

【主要著作】*The Collected Mathematical Papers of H. J. S. Smith*, edited by J.W.L. Glaisher. 1894

ソラブジ

Sorabji, Cornelia. 1866–1954. インドのボンベイ出身。インドで英国の文化や伝統に基づく教育を受けており、インド中西部のカレッジに進学し女性として初めて卒業した。さらにボンベイ大学に学び、一八八八年の文学の学位試験で第一級の成績を修めた。アハマダバードにあるカレッジの教師を務めた後、友人の協力を経て一八八九年にオックスフォード大学サマヴィル・カレッジに進学した。一八九二年には女性として初めて、同大学の市民法の学位試験を受験し第三級の成績を修めた。ただし学位は未取得のまま一八九四年にインドに帰国した。インド国内で法曹界の職を求めたが、根強い性差別のために実現できなかった。女性向けの社会福祉事業等に携わるだけでなく、幼児教育や看護プログラムも公的な組織との連携を実現し、一九〇九年に「カイサリ・ヒンディ・金メダル」を受賞した。一九二二年にオックスフォード大学から学位が授与され、翌年にリンカーンズ・インに進学した。インドでも女性の法律業務が解禁され、カルカッタ高等裁判所に職を得た。しかし男性と同等の職務に従事するには至らなかった。国家主義やガンディーの運動には賛同せず、民主主義や市民権を獲得することの重要性を強調した。一九三〇年中頃からはロンドンに居住して執筆活動に専念した。

【主要著作】*India calling: the memories of Cornelia Sorabji*, 1934. *India recalled*, 1936.

スティーヴンソン

Stevenson, John James. 1831-1908. 建築家。グラスゴー出身。グラスゴー大学に学んだ後もエディンバラ神学カレッジやテュービンゲン大学などで勉強を続けた。一八五六年にエディンバラの建築事務所に就職し、一八五八年にはロンドンの建築事務所に移籍した。その後はグラスゴーに戻り、スコットランドの教会やマンションをデザインしていたキャンベル・ダグラスと共同で建築の仕事を開始した。一八六九年にロンドンでの建築業務を再開し、アン女王スタイル（the Queen Anne Style）として知られるようになる固有の建築デザインを展開し、ロンドンのプリンス・ゲート、ロウサー・ガーデン、ケンジントン・コート等の邸宅に取り入れられた。一八七九年に王立建築協会のフェローに選出され、一八八四年には骨董協会のフェローにも選出された。そのほか、ケンブリッジ大学のクライスツ・カレッジや化学研究所、オックスフォード大学の形態学研究所等の建築や補修作業に携わった。実際に建築されることはなかったが、ケンブリッジ大学のセジウィック記念博物館やシドニー・サセックス・カレッジ、クレア・カレッジ等の建物のデザイン・設計を請け負った。

【主要著作】*Architectural Restoration*, 1877. *House Architecture*, 1880.

スチュアート

Stuart, James. 1842-1913. スコットランドのファイフ出身。セント・アンドリュース大学マドラス・カレッジを卒業後、一八六二年にケンブリッジ大学トリニティ・カレッジに進学した。一八六六年の数理科学トライポスで第三位ラングラーを獲得し、同カレッジのフェローに選出された。一八六七年よりイングランド北部で連続講義を行うなど、大学拡張運動を主導的に展開した。一八七五年にケンブリッジ大学において機械工学および応用工学教授に選出された。一八八九年に機械科学トライポスの設置に関する提案が拒否されたことを受けて、教授職を辞任。その後はケンブリッジで教鞭を執ることはなかったが、一九〇六年から一〇年にかけてサンダーランド選出の国会議員を務めた。彼の死後、ローラ夫人によってケンブリッジ大学に学外者を対象とする講師職が創設された。

【主要著作】*Reminiscences*, 1911.

T

トルミー

Tolmie, Frances. 1840–1926. スカイ諸島出身。一八五七年から一八五八年にかけてエジンバラにて、英語、フランス語、イタリア語、音楽を学んだ。その後、スカイ諸島に戻って年配の人たちからゲール人たちの民謡を聞いたことから、それらの歌詞やメロディー等を文字で書き残す作業を開始した。一八六二年から一八六六年までガヴァネスとしてエディンバラに再び滞在する。一八七〇年にはウイスト諸島で民謡を録音した。一八七三年にケンブリッジを訪問しており、マートン・ホール（一八八〇年以降にニューナム・カレッジ）に二学期だけ所属した。その後、湖水地方のコニストンで過ごした後、一九〇五年から一九一五年までエディンバラで活動し、一九一一年には *Journal of the Folk-Song Society* を出版した。そのなかには一〇五曲の民謡が収録され、ゲール語の歌詞とその英訳、民謡に関する情報も併記された。一九一五年以降は故郷のスカイ諸島に戻って民謡に関心のある人々と演奏会等を通じて交流した。

トインビー

Toynbee, Arnold. 1852–1883. ロンドン出身。一四歳頃に父親が早逝しており、その遺産で一八七三年にオックスフォード大学ペンブルック・カレッジに進学した。同大学ベリオル・カレッジのブラッケンブリー奨学生（歴史学）の地位を獲得し、ベンジャミン・ジョウェットからカレッジを移籍することを提案されたが、ペンブルック・カレッジの学寮長が許可しなかった。同カレッジを退寮し、一八七五年にベリオル・カレッジに入寮した。ジョン・ラスキンやT・H・グリーンに学び、経済史の研究に集中した。初年次のカレッジ移籍問題から優等学位試験を断念して、一七八七年に普通学位を取得したが、卒業と同時にベリオル・カレッジのチューターに選出された。在職中は経済学原理と現代経済史を担当しており、T・H・グリーンの影響を受けて公開講義も積極的に行った。一連の講義が一八八四年の *Industrial Revolution* に結実し、歴史概念として「産業革命」という用語法が一般化されることになった。人生の後半にはヘンリー・ジョージの『進歩と貧困』を中心に研究を展開した。髄膜炎を患い三一歳で早逝した。

【主要著作】*Industrial Revolution*, 1884.

トレヴェリアン

Trevelyan, George Macaulay. 1876–1962. ウォーリックシャー出身。ハロウ校に学んだ後、ケンブリッジ大学トリニティ・カレッジに進学して歴史学を専攻した。一八九六年の歴史学トライポスで第一級の成績を獲得し、一八九八年に同カレッジのフェローに選出された。一九〇三年にJ・B・バリーが歴史学教授就任講演において、文学としての歴史学のあり方を痛烈に批判したことを受けて、カレッジのフェローを辞職した。ロンドンに拠点を移し、*Independent Review* 誌の編集やワーキングマンズ・カレッジでの講義を担当した。独裁主義への反感からイギリスの第一次世界大戦への参戦を支持しており、一九一五年に訪米して講義を行った後、同年の秋にイギリス赤十字の救護隊司令官としてイタリアへ赴いた。三年半に渡って活動し、イタリアとイギリスの両政府からそれぞれ勲章が授与された。帰国後は英国史の研究を熱心に展開しており、一九二五年に英国学士院のフェローに選出され、一九二七年にはケンブリッジ大学欽定講座現代史教授に選出された。このとき、再び同大学トリニティ・カレッジのフェローの資格が与えられた。一九四〇年に同カレッジの学寮長に選出され、一九四七年には王立歴史学会の会長に就任した。一九五〇年から一九五八年まではダーラム大学の総長を務めた。

【主要著作】*History of England*, 1926. *England under Queen Anne*, 1930–1934.

V

ヴィノグラドフ

Vinogradoff, Sir Pal Gavrilovitch. 1854-1925. ロシア出身。公立のギムナジウムを経て、モスクワ大学とベルリン大学に学んだ。卒業後はモスクワ大学で講義を担当した。一八八一年に封建的諸関係の起源に関する論文によって同大学から修士号が取得された。一八八三年に訪英し、公的資料保管オフィス（現イギリス国立公文書館）で研究を行うとともにヘンリー・メイン卿を含む研究者たちと交流した。一八八七年にイギリスの封建制度に関する学位論文を提出し、モスクワ大学から博士号が授与された。一八八七年にモスクワ大学歴史学正教授に就任したが、政治的な軋轢から逃れるために渡英した。一九〇三年にオックスフォード大学コーパス講座法律学教授に選出された。大学院では大陸型のゼミナール形式の講義——教員が整理・収集した一次資料や文献等を用いて研究指導を行う——を展開し、その成果は *Oxford Studies in Social and Legal History* として出版された。一九〇五年に英国学士院のフェローに選出され、一九〇八年から一九一一年までモスクワ大学の客員教授を兼任した。第一次世界大戦を経て、一九一八年にイギリス国籍を取得した。一九二三年から一九二四年にかけてアメリカ合衆国に滞在して *Outlines of Historical Jurisprudence* を執筆し、夫人の手によって死後出版された。

【主要著作】*Villainage in England: Essays in English Mediaeval History*, 1887（Russian）; 1892（English）. *Common Sense in Law*, 1908.

W

ワーズワース

Wordsworth, Dame Elizabeth. 1840-1932. ロンドン郊外のハロウ・オン・ザ・ヒル出身。幼少期は、ハロウ校の校長やウエストミンスター寺院の司祭等を歴任した父親やガヴァネスから教育を受けた後、一八五七年にブライトンのボーディング・スクールに一年間在籍した。ラテン語、歴史学、英文学等を熱心に学び、一八七〇年に小説家シャルロット・メアリー・ヤングと知己を得て、一八七六年には小説 *Thornwell Abbas* を発表した。オックスフォード大学ブレーズノーズ・カレッジに所属していた弟のもとをしばしば訪ねており、歴史学の講義に出席し、女子教育運動を推進する人物たちとも親交を深めた。一八七八年にはオックスフォード大学に設立された女子カレッジの初代学寮長に就任し、その学寮を「レディ・マーガレット・ホール」と名付けた。一九二八年にオックスフォード大学から名誉博士号が授与され、国王からは勲章（DBE）が授けられた。

【主要著作】*Thornwell Abbas*, 1876. *Glimpses of the past*, 1912.

参考文献

経済学史学会編［2000］『経済思想史辞典』丸善。

堀経夫編［1959］『増補版 経済思想史辞典』創元社。

山﨑義三郎［1991］「訳者解説」、ヘンリー・ジョージ『進歩と貧困』所収、日本経済評論社。

Venn, J. and Venn, J. A.［1940–1951］2011. *Alumni Cantabrigienses*, Volume 2, Part 1–6, Cambridge: Cambridge University Press.

（一次資料）

Newnham College Register 1871–1950, Volume 1. ケンブリッジ大学図書館所蔵（所蔵番号：RCS.Ref.Z.100）

（オンライン辞書）

Oxford Dictionary of National Biography（https://www.oxforddnb.com）

The New Palgrave Dictionary of Economics（https://link.springer.com/referencework/10.1057/978-1-349-95189-5）

付録　メアリー・ペイリー年譜

一八五〇年　ピーターバラ郊外スタムフォードにて、トマス・ペイリーとジュディスの次女として誕生（一〇月二四日）

・第一回万国博覧会がロンドンで開催（一八五一年）

・クリミア戦争の勃発（一八五三―一八五六年）

一八六三年　父トマスとガヴァネスから基礎教育を受ける

・ロンドン市内に地下鉄が開通（一八六三年）

・エレノア・スミスがオックスフォード大学で女子学生向けの講義を開始（一八六六年）

・クラフ女史が北イングランド女性高等教育振興委員会を組織（一八六七年）

・マルクスが『資本論』第一巻を公刊（一八六七年）

一八六八年　婚約後、まもなく婚約相手がインドへ赴任

・日本において明治維新（一八六八年）

・オックスフォード大学において非寄宿生の入学が許可（一八六八年）

・ケンブリッジにヒッチン・カレッジ（一八七三年以降、ガートンカレッジ）が設立（一八六九年）

・ジョン・スチュアート・ミルが『女性の解放』を公刊（一八六九年）

一八七〇年　ケンブリッジ大学の一般入学者能力検定試験を受験（翌年も受験し、合格）

・オックスフォード大学の一般入学試験において女子生徒の受験が認められる（一八七〇年）

・エジンバラ大学で男子医学生らが女子学生の入学に反対して暴動を起こす（一八七〇年）

一八七一年　婚約を解消。ケンブリッジ市内のリージェント通りの宿舎で寄宿生活を開始（アルフレッド・マーシャルの講義に出席）

・ニューナム・ホール（一八八〇年以降、ニューナム・カレッジ）が設立（一八七一年）

・大学入学者に対する国教徒審査を廃止（一八七一年）

・オーストリアを発端とする金融危機により大不況に陥る（一八七三―一八九六年）

一八七四年　道徳科学トライポスを受験（試験官の二名が第一級、他の二名が第二級と判定）。

・オックスフォード・ケンブリッジ大学法が制定（一八七四年）

一八七五年　ニューナム・ホールの経済学講師に選出され、アルフレッド・マーシャルが担当していた経済学の講義を引き継ぐ

・ニューナム村（現ケンブリッジ大学シジウィック・サイト）にニューナム・ホールの建物が建設され、クラフ女史や学生たちが寄宿を開始（一八七五年）

一八七六年　アルフレッド・マーシャルと婚約し、翌年に結婚

・ブリストルにユニヴァーシティ・カレッジ（一九〇九年以降、ブリストル大学）が設立（一八七六年）

一八七七年　アルフレッドがブリストルのユニヴァーシティ・カレッジ初代学長兼経済学教授に就任し、メアリーも経済学の講師として大学の教壇に立つ

・明治政府が東京大学（法学部、文学部、理学部、医学部）を設立（一八七七年）

・スコットランド（セント・アンドリューズ）に女子パブリック・スクールが設立（一八七七年）

・オックスフォード大学が女子カレッジ「レディ・マーガレット・ホール」を設立（一八七八年）

・ロンドンのユニヴァーシティ・カレッジが女性の学位取得を認可（一八七八年）

一八七九年　ケンブリッジ大学の公開講義向けのテキストとして『産業経済学』（アルフレッドとの共

著）を出版
・オックスフォード大学が女子カレッジ「サマヴィル・カレッジ」を設立（一八七九年）

一八八一年　『産業経済学』第二版が出版。体調の悪化したアルフレッドとイタリアのパレルモに逗留、翌年に帰国
・ケンブリッジ大学が女子学生のトライポス受験を正式に許可（一八八一年）
・ケンブリッジ大学においてカレッジ・フェローの婚姻が認可（一八八二年）

一八八三年　アルフレッドがオックスフォード大学ベリオル・カレッジの経済学講師に就任し、メアリーも経済学の個別指導を担当する

一八八四年　アルフレッドがケンブリッジ大学経済学教授に就任し、ケンブリッジに戻る。メアリーも再びニューナムの教壇に立つ
・ウェッブ夫妻がフェビアン協会を設立（一八八四年）

一八八六年　マディングレイ通り沿いに自宅（ベリオル・クロフト）が完成
・アイルランド自治法案が否決される（一八八六年）
・地方自治法の制定によって地方議会が設立される（一八八八年）
・ニューナム・カレッジの学生フィリッパ・フォーセット（ヘンリー・フォーセットの娘）が女性として初めて数理科学トライポスのシニア・ラングラー（主席）を獲得（一八九一年）

一八九三年　エコノミック・ジャーナル誌に「書評 *Ladies at Work by Lady Jeune*」を発表

一八九五年　エコノミック・ジャーナル誌に「書評 *Viertehalb Monate Fabrikarbeiterin. Eine Praktische Studie* by MinnaWettstein-Adelt」を発表
・ロンドン・スクール・オブ・エコノミクス（LSE）が設立（一八九五年）
・ダーラム大学が女性の学位取得を認可（一八九五年）

一八九六年　エコノミック・ジャーナル誌に女性労働者に関する国際会議のレポート 'Conference of

Women Workers' を発表。同年にアルフレッドは、女性学位の論争において女性への学位認定に反対する私信を理事会に送る

・フォーセット夫人が女性参政権協会全国連合（NUWSS）を創設（一八九七年）
・ロンドン大学法が制定（一八九八年）
・ボーア戦争が勃発（一八九九年）
・ヴィクトリア女王が死去、エドワード七世が即位（一九〇一年）

一九〇二年　エコノミック・ジャーナル誌に「書評 *Educated Working Women* by Clara E. Collet」を発表（その中で女性が経済的に独立するためには教育が不可欠であることを表明）。

・バルフォア内閣の下で教育法が制定（一九〇二年）
・日英同盟が締結（一九〇二年）
・バーミンガム大学が商学部を設置（一九〇二年）
・ケンブリッジ大学において経済学トライポスが創設（一九〇三年）
・マンチェスター大学が商学部を設置（一九〇三年）
・労働党が結党、しかし総選挙では自由党が圧勝（一九〇六年）

一九〇八年　指導する二名の学生が経済学トライポスで第一級を獲得。同年にアルフレッドがケンブリッジ大学を退職

・アスキス内閣が組閣（一九〇八年）
・救貧法が改正（一九〇九年）
・第一次世界大戦が勃発（一九一四年）

一九一五年　健康状態の優れないアルフレッドを介護するために教壇から完全に退く

・ロイド・ジョージが戦時内閣を組閣（一九一六年）
・ロンドン市全域をドイツが空爆（一九一七年）
・婦人参政権（三〇歳以上）が認可（一九一八年）

一九一九年　アルフレッドの『産業と商業』が公刊。メアリーが索引を作成

・パリ講和会議にてヴェルサイユ講和条約が調印（一九一九年）

・オックスフォード大学が女性の学位取得を認可（一九二〇年）

・ケンブリッジ大学で女子学生の学位認定に関する議事が拒否されたことを喜んだ男子学生たちがニューナム・カレッジの正門を破壊（一九二一年）

・アルフレッドが『貨幣　信用　貿易』を出版（一九二三年）

一九二四年　アルフレッド死去。道徳科学図書館（後のマーシャル・ライブラリー）の充実化のため、彼の遺産を寄付。名誉司書としてアルフレッドの遺稿類や書籍を寄贈し、蔵書目録の作成に従事

・イギリス史上初めて労働党内閣（マクドナルド首相）が成立（一九二四年）

・金本位制が復活（一九二五年）

・ニューヨークを発端とする世界恐慌が発生（一九二九年）

・ケインズが『雇用、利子および貨幣の一般理論』を公刊（一九三六年）

・第二次世界大戦が勃発（一九三九年）

一九四四年　ケンブリッジの自宅（ベリオル・クロフト）で死去（三月一九日）

・第二次世界大戦が終結（一九四五年）

・東京大学の南原繁総長が「女性にも門戸を開く」と発表（一九四六年）

一九四七年　生前に記した回想録『想い出すこと』がG・M・トレヴェリアンによって出版

・ケンブリッジ大学が女性の学位取得を認可（一九四八年）

人名索引

〈マ　行〉

〈ラ　行〉

事 項 索 引

〈ア　行〉

〈カ　行〉

〈サ　行〉

文献目録

（1）メアリー・ペイリー・マーシャルの著書

The Economics of Industry (with Alfred Marshall), London: Macmillan, 1879.

The Economics of Industry (with Alfred Marshall), Second Edition, London: Macmillan, 1881（橋本昭一訳『産業経済学』関西大学出版会，1985年）.

What I Remember, Cambridge: Cambridge University Press, 1947.

（2）メアリー・ペイリー・マーシャルの書評・論文

'Review: *Ladies at Work*. With an Introduction by Lady Jeune. London: A.D. Innes and Co.', *Economic Journal*, 3(12): 679-680. 1893.

'Review: *Viertehalb Monate Fabrilarbeiterin. Eine Praktische Studie* by Minna Wettstein-Abelt', *Economic Journal*, 5(19): 401-404. 1895.

'Conference of Women Workers', *Economic Journal*, 6(21): 107-109. 1896.

'Review: *Educated Working Women*. By Clara E. Collet', *Economic Journal*, 12 (46): 252-257. 1902.

（3）追悼論文

Keynes, J.M. 'Mary Paley Marshall (1850-1944)' *Economic Journal*, 54(214): 268-284.

Keynes, J.M. 'Mary Paley Marshall', In *The Collected Writings of John Maynard Keynes*, Volume X (*Essays in Biography*), Paperback edition, Cambridge, UK: Cambridge University Press and Royal Economic Society: 232-250, [1972] 2013.（大野忠男訳「メアリー・ペイリー・マーシャル」『ケインズ全集』第10巻所収，東洋経済新報社，1980年，306-331頁）

（4）メアリー・ペイリー・マーシャルに関する研究を含む書籍

McWilliams-Tullberg, R. *Women at Cambridge*. Paperback edition, Cambridge: Cambridge University Press, [1975] 1998.

Dimand, M.A., Dimand, R.W. and Foeget, E.L. (ed) *Women of Value: Feminist Essays on the History of Women in Economics*, Aldershot, UK and Brookfield, USA: Edward Elgar, 1995.

Dimand, R.W., Dimand, M.A. and Forget, E.L. (ed) *A Biographiocal Dictionary of Women Economists*, Cheltenham, UK and Northampton, MA, USA: Edward Elgar, 2000.

Raffaelli, T., Beccattini, G. and Dardi, M. (ed) *The Elgar Companion to Alfred Marshall*, Cheltenham, UK. and Massachusetts, USA: Edward Elgar, 2007.

Madden, K and Dimand, R.W. (ed) *Routledge Handbook of the History of Women's Economic Thought*. London and New York: Routledge, 2019.

図 版 一 覧

掲載写真（提供者）

① ケンブリッジ大学 マーシャル・ライブラリー（訳者）
② ピーターバラ駅の看板と時刻表（訳者）
③ キングス・リンの運河（訳者）
④ イリーの大聖堂（訳者）
⑤ ケンブリッジ大学 フィッツウィリアム博物館（訳者）
⑥ バックスとキングス・カレッジのチャペル（訳者）
⑦ セント・ジョンズ・カレッジのニューコート（訳者）
⑧ ケンブリッジ郊外のゴグ・マゴグの丘（訳者）
⑨ ニューナム・カレッジのカレッジ・ホール（訳者）
⑩ 1875年頃のブリストルの港（船木惠子）
⑪ ブリストル大学のメアリー・ペイリー・ビルディング（ブリストル大学）
⑫ メアリーの水彩画（近藤真司）
⑬ オックスフォード大学ベリオル・カレッジ（訳者）
⑭ ベリオル・カレッジの外観（近藤真司）
⑮ 現在のベリオル・クロフト（ルーシー・キャヴェンディッシュ・カレッジ）
⑯ 女性参政権の嘆願書の束（りんごの台の下）を届けたエミリー・デイヴィスらとJ. S. ミル（船木惠子）
⑰ エミリー・デイヴィス（船木惠子）
⑱ ガートン・カレッジ（船木惠子）
⑲ クリフトン・カレッジ（近藤真司）
⑳ マーシャル・ライブラリーの館内（近藤真司）
㉑ アルフレッドが石川興二に謹呈した写真（石川興二［1925］『社会科学』改造社より）

Acknowledgement

To do my research for this book, I could have great opportunities to consult manuscripts and rare books at following libraries in Cambridge: Cambridge University Library, Marshall Library of Economics, Newnham College Library Archives, St John's College Library, Wren Library at Trinity College. I would especially like to thank Simon Frost, Fiona Colbert, and Anne Thomson for their kindly and expert support. I am also grateful to the staffs of Marshall Library of Economics, the Master and Fellows of St John's College, the Principal and Fellows of Newnham College, and the President and Fellows of Lucy Cavendish College for their permission to use photos in this book. Moreover, I wish to thank the University of Bristol, especially Dr Danielle Guizzo, for their kindness and the permission to use the photo of the Mary Paley Building. This project was supported by JSPS KAKENHI (Grant No.16K17097, 19K01575).

≪著者紹介≫

メアリー・ペイリー・マーシャル（Mary Paley Marshall, 1850-1944）

イギリス，ピーターバラ近郊のスタムフォード出身．ケンブリッジ大学の神学的功利主義者ウィリアム・ペイリーの曽孫．1871年のケンブリッジ大学の一般入学者能力検定試験に合格し，ケンブリッジ大学ニューナム・カレッジの第1期生．女性として初めて「道徳科学トライポス」（優等学位試験）を受験．1875年度よりニューナム・カレッジの経済学講師を務め，1877年の経済学者アルフレッド・マーシャルとの結婚後も，ブリストルやオックスフォードで教鞭をとった．1925年にケンブリッジ大学マーシャル・ライブラリーの名誉司書補に就任．著書に『産業経済学』（アルフレッドとの共著，1879年）がある．

≪訳者紹介≫

松 山 直 樹（まつやま　なおき）

1982 年生まれ

北海道大学大学院経済学研究科博士後期課程修了，博士（経済学）

現在，兵庫県立大学国際商経学部准教授

主要業績

「A．マーシャルにおける心理学研究と経済学との連関」（『経済学史研究』51(2)，2010 年）．

「A．マーシャルにおける経済騎士道と公正賃金」（『経済学史研究』55(2)，2014 年）．

「経済騎士道の伝統――マーシャルからケインズへ――」（『経済学史研究』59(2)，2018 年）．

≪解説者紹介≫

船 木 惠 子（ふなき　けいこ）**［解説 1］**

武蔵大学総合研究所研究員

近 藤 真 司（こんどう　まさし）**［解説 2］**

大阪府立大学大学院経済学研究科教授

想い出すこと

――ヴィクトリア時代と女性の自立――

2021 年 3 月 30 日　初版第 1 刷発行

＊定価はカバーに表示してあります

著　者　メアリー・ペイリー・マーシャル

訳　者　松 山 直 樹

発行者　萩 原 淳 平

発行所　株式会社　晃 洋 書 房

〒615-0026　京都市右京区西院北矢掛町 7 番地

電話　075（312）0788番(代)

振替口座　01040-6-32280

装丁　野田和浩　　　印刷・製本　創栄図書印刷㈱

ISBN 978-4-7710-3476-1